夜不語

03

ile

禁止關燈

夜不語 著 Kanariya 繪

CONTENTS

夜不語

詭秘檔案

夜不語

詭秘檔案

自序

嗚呼幸哉，霧霾天終於被冷空氣趕走了。

突然發現，最近的每一本書的序，最先講的就是空氣。所以，這本書也不例外吧。

最近成都的天氣像發瘋了似的，先是莫名其妙的出了兩天的大太陽，我興高采烈地幫餃子換上了春裝。結果傻餃子剛因為不用再穿厚重的羽絨外套而開心不已的時候，下午冷空氣就來襲了。

遮天蓋日的烏雲帶著狂風呼嘯，直接把搭帳篷的我們父女倆吹了個鼻涕長流。看了看天氣預報，當天的最高溫和最低溫，溫差高達二十度。當時自己很懊悔，為什麼出門前不看天氣預報，不看黃曆。眼看寒風將帳篷吹得嘩嘩作響，自己還以為自己的帳篷是不是犯太歲，礙著了哪路神仙出行咧。

哪想到，這還不算完，才剛剛開始。

冷幾天暖和幾天的日子，從一月開始，這都二月底了，還沒有結束。不過還好，冷熱交替也讓霧霾少了許多，PM2.5 總算迷路了。

天氣就談到這裡吧。

最近一年許多讀者朋友都持續寫信來催稿，我道歉，這本書趕了很久。其實並不是說用在趕稿上的時間有多少，只是這一年太忙了，忙到用電腦的時間都沒有。

工作的辛勞、加上餃子一天一天長大，需要陪伴她的時間也越來越多。自己真正能夠用來寫稿的時間，就珍貴起來。

一整年，我都沒有過真正屬於自己的時間。

最近總算是輕鬆了些，餃子的自理能力好很多，影視部分也接近尾聲。我終於能夠抽著閒暇把 803 寫完。二〇一七年唯願餃子大人武運昌隆，吾之趕稿大計才能長治久安也。

二〇一六年到二〇一七年對我而言，發生了很多大事情。

餃子大人四歲了。

餃子大人越來越漂亮了。

餃子大人讀幼稚園大班了。

餃子大人的媽媽也越來越漂亮了。

夜帥哥我突然發現自己的頭髮冒出了一根白髮。唔，恍然發現，自己也快要三十六歲了。歲月如梭，真的無法細細算。我以前經常用自己寫了多少年書，《夜不語詭秘檔案》系列有了多少本當作度量衡單位。可是經常忽略了，時間的尺度從來都是同步的。到了什麼時候，你就熬不動夜了。到了什麼年齡，你早晨就沒辦法再睡懶覺了。

時間，真可怕。

寫這段的時候，剛剛還在我旁邊的地上爬來爬去裝成驅魔人的餃子大人，不知道什麼時候碰到了什麼地方又開始哇哇大哭了。

我只得把這篇序分成兩段。剛剛的思緒也被打斷了，只得從頭看一次，再動筆繼續寫。

創作的艱辛在養兒育女中，艱難前行。有時候真的覺得自己也挺不容易的。

最近因為成都的霧霾太重，自己一邊忙一邊換房子、換地方居住。搬到了成都霧霾較少的區域。

人生瑣事，也隨著自己的成長和女兒的成長，不斷滋生滋長。但是回頭一想，其實人生的五顏六色和其中的滋味，過去了，同樣也挺有意思。

好啦，亂七八糟說了這麼多，我也終於被餃子大人給煩得寫不下去了。這小妮子正在我身上爬上爬下呢，現在已經坐到了我的肩膀上……

有時候我總感覺，自己哪裡養的是一個女兒，這傻瓜傻得彷彿就像一隻哈士奇，精力更如同永動機、永不停歇！

最後，祝大家元旦節……

不對，應該是新年快樂。喔，不，情人節也到了，祝不是單身狗的各位快樂。耶，不對，再過幾天就是農曆的驚蟄了。

我，實在對不起，這本書拖太久了，我都不知道該對應什麼節日了。
總之，祝大家各種節日快樂。下本書，再嘮叨！

夜不語

你害怕關燈嗎？

會不會覺得，在關燈的房間裡，世界變得一片漆黑。哪怕那個房間裡擠滿了多少個人，你都只會感到孤零零的，彷彿整個世界，都遺棄了你。

你有沒有發現，黑暗，總會令你無比恐懼和敏感。在你關掉了燈光準備睡覺的臥室，哪怕你一個人，哪怕真的僅僅只有你一人，你以為只有自己一個人的空間，說不定在你視覺受到阻礙的情況之下，並不真的僅僅只有你一個。

所以，你在淋浴時，閉上眼睛後，都會覺得背後有什麼在窺探你，隨時會拽住你的長髮。

所以，你在睡前閉上眼睛，或者睡夢中突然驚醒時，張開眼睛第一眼看到墨黑的臥室天花板時，會在第一時間感覺到恐懼。老覺得房間裡有別的東西，在黑暗中，偷偷地盯著你。

你沒有錯。

黑暗的房間中，或許你真的不是一個人。

不要關燈，無論如何，都不要關燈。

因為關燈，會釋放光明之下永不會出現的東西。

關燈，會帶來……

死亡！

楔子

「萬聖節和中國的鬼節一樣，都不符合物理基本法則。這個世界哪裡有鬼。」

鋼筋水泥，已然成為了現代文明的標誌。在這鋼筋的叢林中，人類出生、學習、成長、工作、老去，然後死亡。

沒有人，能夠例外。

我們將人類的叢林，稱之為城市。每個在人造叢林中野蠻生長的人類，最終都會居住到一個個或大或小、或者買下、或者租來的盒子中。我們將它們，稱之為家。

鋼筋水泥世界中的人，終歸有許多是總感覺無聊的。所以最近幾年，無論是農曆八月十五，還是西方的萬聖節。城市附近的大大小小樂園，便會裝扮一新，本著將原本快樂乾淨風格完全逆轉的精神，把園區拚命打扮成黑暗陰森、鬼影幢幢的鬼片拍攝場。

人總會對恐怖有一種天然興趣的天性。無論你喜歡也好，不喜歡也罷。但是面對沒有危險的恐懼感，每個人都彷彿如同抽了大麻，興奮滿足得不得了。

而站在樂園前的這群年輕人，就是這麼一群尋樂追求刺激的人。他們在最喜歡刺激的年齡，來到了可以帶給他們刺激的地點。

其中一個看起來白白淨淨，戴著黑色邊框休閒眼鏡的女孩正在說話。女孩模樣清秀文弱，但是說出來的話卻鏗鏘有力。她第一句，就將鬼的存在抹殺了。

「在物理世界，根本沒有鬼怪類物種存在的事實基礎。」

女孩將手抱在豐滿的胸口前，一邊說話，一邊抬起手，扶了扶眼鏡。她的大眼睛眨了眨，顯然對樂園的恐怖佈置有些不屑。

剩下的四個人倒是樂呵呵的，不停打量著樂園入口的擺設。

夕陽西下。

傍晚的樂園大門前人來人往。原本落日前就會空蕩蕩的藝匣樂園這次的佈置非常用心，靠著極有衝擊力的佈置，樂園成功在萬聖節當晚吸引了大量獵奇愛好者以及想要在黑暗中做些不可說之事的情侶。

太陽快要下山了，留了些餘暉，灑落在塗抹得黑漆漆的牆壁上。不知為何，今晚的樂園透出些許陰森感。大量的模型殭屍和無數稀奇古怪的可怕怪物被懸掛在樂園頂的裝飾彩帶上。被血色的陽光一照，只剩模糊的影，投影在說話女孩的臉上。

哪怕是女孩漂亮的臉蛋，也顯得有些猙獰起來。

女孩低下腦袋，讓自己沉浸在陰影裡，有那麼一瞬間，別人甚至不太看得清她的神情。夏彤就是這麼一個女孩，理智、美麗、孤傲，有著好成績，但是偏偏說話做事不太識趣。所以她沒有太多朋友。每個人都對她敬而遠之。

夏彤唯一的好朋友，就是站在她身旁長相普通的女孩曼安。她的好友跟她的樣子一樣普通，但卻是個喜歡和稀泥的老好人。哪怕夏彤多麼的冷傲孤單，多麼的不合群，曼安總有辦法將她拖出來參加集體活動。

他們一行五人，有個男孩對夏彤的話不以為然：「夏彤大美女，妳就那麼確定這個世界上沒有鬼？那妳信不信因果報應？」

傻大姐曼安頓時臉一抽，心裡知道要糟了。他居然好死不死的跑去挑戰夏彤的世界觀。要知道，這個理性的死女人不只是模樣漂亮，她那不折不扣不把別人說服就會變成話癆的死心眼也同樣了不得。

果然，夏彤眼睛一翻，冷傲的表相解除，開啟了話癆教學模式，「因果報應？嘖。你叫什麼名字？」

「小姐，我們都同班三年了，妳居然還沒記住我的名字？」男生翻起了白眼：「我叫譫語。」

「我對全校排名沒前十的人都不會有印象。」夏彤摸了摸眼鏡：「譫語同學是吧？你的物理是學校小賣部裡的大媽教的？你不會真以為這個世界上存在因果吧？」

「我覺得因果是存在的。例如——」譫語剛開口，就被打斷了。

夏彤冷哼了一聲，「確實，有些時候我們總覺得有些東西在冥冥中影響我們，讓我們的人生起伏跌宕時好時壞。有的人就覺得那是因果定律。那我們來假設一下吧。

世界萬物都是由基本粒子組成的。但是基本粒子，例如夸克，它的行動軌跡本來就是符合物理法則的規律在位移。所以基本粒子是可以預測的。前一秒的能量和力，決定了它後一秒的行為。

「但由於基本物理定律不在乎時間的方向。所以在實體層面，因果根本無法存在。例如2這個數字，它的前邊是1，後邊是3。你能說1是2的因，而3是2的果嗎？當然不能。以此類推，世間萬物都是以1、2、3的方式排序的。哪怕是你的人生，都是在按照基礎粒子的可推測軌跡在運動。」

「可是——」諳語還想說什麼，這一次換被曼安打斷了。

「厲害啊，我的姐。我知道妳是物理系高材生。不過今天我們是出來找樂子的，妳就先忍一忍，算是陪我了。好不好。」曼安對夏彤一邊說，一邊用力拉了拉諳語的衣服，狠瞪了他一眼。

諳語只好將衝到喉嚨口的話活生生嚥了下去，不過這個傢伙，臉色明顯有些問題，甚至看向頭頂每一隻塑膠怪物道具的表情，都充滿了若隱若現的恐懼。

只有他知道自己到底在害怕什麼。不過在他身旁的另外四人，根本就不會在乎。

夕陽將最後一絲餘暉消耗殆盡，只剩下熙熙攘攘的人群裡墜落的最後一抹血紅。落盡的太陽，彷彿被巴掌一下拍扁的吸滿血液的蚊子屍體，充滿邪惡氣息。

夜晚終於到了。

藝匣樂園的萬聖節狂歡派對，開始了！

「總算能入場了。」五人中早就激動得不得了的叫做倉扁的男生雀躍地不停看錶。

若是平時，樂園恨不得全天都是萬聖節。偏偏藝匣樂園這次有個怪異的規定，必須要等太陽下山，遊客才能入園。陽光什麼時候消失，檢票員什麼時候打開大門。

這個怪異的規定雖然有些莫名其妙，但是卻極得現代年輕人的獵奇心態。

「今晚的票可不好買。我在手機APP上搶了好久才搶了五張。」倉扁得意地掏出了包包裡的五張票，「這家快要倒閉的樂園，卻在最近大手筆打廣告，我要看看，究竟有什麼手段能在萬聖節讓樂園起死回生。」

沒錯，藝匣樂園早已負債累累，據說隨時都會倒閉。但樂越在負面消息最多的時候大肆的在電視、網路和電梯裡打廣告，這一反常態的行為，同樣讓人更加期待今晚的萬聖節狂歡晚會。

大多數人都抱著和倉扁同樣的想法，大家排起了隊準備入園。長達數百公尺的隊伍在樂園前的廣場上越拉越長。

就在這時，原本剛才還亮著的彩燈隨落日的消失全數關閉，數千人頓時陷入黑暗中，有膽小的女生甚至被這意外嚇得尖叫不止。

傻大姐曼安嚇了一大跳，拚命地抓住夏彤的胳膊。

夏彤冷淡地撇撇嘴：「小安，別被樂園管理者那下三濫的手段嚇到了。他們不過是利用了基本的心理學手段，想要增加大家的突然恐慌感。」

「我知道啊，但是挺有感覺的。」曼安傻笑了兩下。黑暗中，螢火蟲般的火光逐漸在廣場亮起，幽綠、暗藍的光襯托著身旁和頭頂那些假怪物和殭屍更加的陰森可怕，特別有氣氛。

「各位遊客，大家好。今晚的藝匣樂園，將帶給大家一次不同尋常的恐怖大冒險。希望大家能夠享受今晚，享受今晚的藝匣樂園。」廣播中傳來了一個好聽的年輕女性的聲音，寥寥兩句話後，就沒有了聲響。

隨之而來的，是入口的鐵門終於敞開了。穿著漂亮制服的檢票員戴著白手套，開始依次檢票讓遊客入園。

夏彤一行人在短暫的等待後，也順利進入園區內。

藝匣樂園正門有個大大的地球模型，寬敞的主幹道兩旁同樣擺滿了怪物模型，那些怪物裝了引擎，間或還有真人裝扮成了鬼怪騎著雙輪平衡車在飄來飄去。

本來激動得不得了的倉扁頓時失望了，「和別的樂園也沒什麼差別嘛，弄了那麼多噱頭，花了那麼多廣告費，居然只是個大眾遊園會。藝匣樂園的管理者都是些腦殘窩囊廢，活該要倒閉。」

「我有內部消息，樂園這次的萬聖節活動可沒表面上那麼簡單。」五人中一個叫做嘉榮的男生神秘兮兮的壓低了聲音，「聽說這個樂園平時就有些古怪，挺神秘的。

特別是今晚。」

倉扁這個神秘主義愛好者頓時眼睛一亮，「喲，嘉兄有什麼內幕消息別藏著掖著，爽快的說出來。藝匣樂園有古怪的事情我平時也有所耳聞，不然也不會這麼激動的跑來玩了。」

嘉榮八卦的嘿嘿一笑，真要將知道的東西倒出來，結果就看到夏彤拉著曼安自顧自的離群了。

「夏美女，等等我啊，喂。」嘉榮頓時什麼也不顧地跟著追了過去。

倉扁沒好氣地看了一眼，低著腦袋站在一旁不知道想什麼的譫語憤憤道：「那個混蛋嘉榮，有異性沒人性。早就聽說他喜歡夏彤大美女了，沒想到居然是真的。就他那鬼模樣，還真想癩蛤蟆吃天鵝肉咧。」

譫語苦笑兩聲，抬頭彷彿不經意地問：「倉扁同學，你剛剛說這家藝匣樂園有古怪？究竟有什麼古怪？」

「這個就說來話長了。」一提到感興趣的東西，倉扁頓時打開了話匣子，他指著不遠處的鬼屋道：「走吧，雖然有些失望，但既然來都來了還是把鬼屋全部逛一遍吧。咱們邊走我邊跟你講。」

說著就拖著不情不願的譫語走進了十幾公尺外的鬼屋中。

沒有人注意到，當所有遊客都進入了樂園後。藝匣樂園的進出口居然無聲的關閉了，剛剛還銜所有人微笑的檢票員也不知去向。

樂園大門口廣場的彩燈熄滅，只剩下一片漆黑。

黑壓壓的藝匣樂園的園區中，佈置得鬼影森森。大量幽綠色的射燈映襯著遊玩的遊客們，彷彿每一個人，都變成了孤魂野鬼。

夏彤、曼安和狗皮膏藥嘉榮一邊遊玩一邊有一搭沒一搭的說話，不知不覺來到了中國館。

「藝匣樂園有許多部分，我親戚是這裡的股東，所以當初開業的時候我經常來。」嘉榮口沫飛濺地介紹，不時瞅著夏彤。眼鏡娘不愧是眼鏡娘，一般女孩戴眼鏡都不漂亮，但是這夏彤不一樣，眼鏡不光沒有讓她漂亮的臉蛋遜色，反而還增添了知性和光彩，增色不少。

他這個小開早就對她垂涎不已，奈何兩年了，人家看都沒有對看過他一眼。

就如夏彤所說，只有知識和智慧能打動她。智商低於一百八，全校排名十以下的，她根本就不會在意對方是誰、叫什麼名字。

當然，只有傻大姐曼安是個例外。有時候嘉榮還會不無惡意的猜測，這個夏彤該不會是個蕾絲邊吧？

「小彤，妳看中國館好多鬼屋。」曼安指了指附近的一間叫做「大卸八塊」的鬼屋。

嘉榮來勁兒了，「這次藝匣樂園主打的就是鬼屋。樂園一共十個主題，十個國家館。每個主題館都有對應那個國家文化的鬼屋，場景聽說非常令人震撼，很值得都去嘗試一下。」

一輪圓月，升起在萬聖節的天空。陰暗的樂園映襯著天際線不遠處的月亮，黃得刺骨，陰森森的，令人乍一眼看上去，不知為何就會湧上一陣寒意。

「今晚的月亮黃得有點不太對。」曼安有些不安：「我今天早晨和朋友玩塔羅牌，抽到了一張死神。朋友說我最近有血光之災。」

夏彤漂亮的臉頰不由得抽了抽。

曼安頓時笑起來，「好啦，我知道小彤妳最不愛聽這話了。塔羅牌是萬惡的迷信，對吧。」

「不然呢。塔羅牌純粹是一種用排列組合得到隨機結果的算命方式，無論是根據統計學還是辯證物理，都是說不通的。還有妳覺得今晚的月亮變得比較黃……」夏彤抬頭看了看遠在天際的月亮，「那是因為今晚的月亮離太陽很近。月亮離太陽越近就會越黃，離太陽越遠就越白。何況，今天的月亮可不黃。」

夏彤眼睛裡的月亮確實不黃，雖然比以往幾天大一些，但是卻泛著慘白的光，清冷異常。

「明明很黃啊。」曼安眨巴著眼睛，反駁道。

夏彤看了一眼嘉榮：「那個誰？」

「我叫嘉榮啊，夏大美女。」嘉榮連忙湊了上去。

「別跟我自我介紹，反正我也記不住你的名字。」夏彤撇撇嘴：「你覺得那輪月亮是黃還是蒼白？」

嘉榮抬頭，撓了撓腦袋。銀色月光遍灑大地，涼冰冰的月色黏在皮膚上。他突然發覺，不只是月光冷，就連灑在身上的銀光也冷得出奇，嘉榮不由得打了個冷顫，「不黃不白。我覺得是銀色的。」

夏彤皺起了好看的眉，「怪了，我們三個人就看出了三種顏色。這不科學嘛。」

「好啦好啦，我們別在這裡扯。先進鬼屋去看看吧。」曼安心裡總覺得有些不舒服，但是又偏偏不清楚那股不安是從哪裡來的。她搖搖腦袋將內心深處越發上湧的不祥錯覺甩開，拉著夏彤走進中國館的鬼屋中。

臨進入前，夏彤抬頭又看了鬼屋一眼。

鬼屋門口血色的「大卸八塊」四個字，在月色中顯得特別的猙獰。紅色的字被銀光一照，就像是要融化了滴落下來，極是詭異。

「錯覺吧？」夏彤嘀咕了一聲，三個人的身影就被入口吞沒，消失在黑暗中。

說實話，鬼屋做得不錯。肢解的屍體血淋淋地倒吊在天花板上，暗紅色的燈光將氣氛烘托得也很好。只不過身旁有個超級理智的夏彤在不停解釋屍體到底使用哪種聚酯塑膠做的、不停滴在地上的血該如何調配更好，以及那些真真假假混在假屍體中的扮殭屍的真人該怎麼分辨……

趣味性在各種解釋中打了個折扣。超級理智的夏彤甚至充分發揚了物理話癆精神，將房間轉角裝屍體的小女生給囉嗦煩了，直挺挺的「屍體」乾脆從血淋淋的割肉臺上跳起來，捂著耳朵拔腿就跑。

「連打工都不敬業。」夏彤撇撇嘴，很不滿。

曼安搞不清楚自己是第幾次揉腦袋，無奈道：「小彤，妳停一下嘛。再這樣下去不光是打工裝鬼的小妹，就連附近的遊客都會被妳的毒舌嚇跑的。咦，話說，妳看妳看，怎麼突然一個遊客都沒有了？」

夏彤、嘉榮和曼安掃視了周圍幾眼，陰沉沉的鬼屋中不知何時變得空蕩蕩。剛剛還人來人往不時被嚇得尖叫的遊客，真的一個都看不到了。

只留塑膠的假人穿著各種各樣的鬼怪、殭屍服飾，安靜靜地停滯在原地。

「怪了。人都哪兒去了？」嘉榮撓了撓頭，他在鬼屋詭異的聲音和氣氛中，明顯有點害怕了。

夏彤扶了扶眼鏡，「或許是園方的安排。我們繼續向前走看看在搞什麼鬼。」

「算了，我們還是退回去吧。」曼安虛弱地說。

「退回去不太符合效益。我剛剛算了算，中國館鬼屋的導覽圖上說總長度三百公尺。我們已經走了大約兩百多公尺了，還有幾十公尺就是出口了。往回走的話，足足多走兩百公尺喔。」夏彤指了指前方，「最好還是往前走。」

曼安嘆了口氣，「小彤，妳這麼理智當心以後嫁不出去。」

「我可從來沒想過要嫁人。忘了嗎？本人是不婚主義。」夏彤一邊聳肩膀，一邊往前走。三個人順著通道走在黑漆漆昏暗無比的地方，哪怕是夏彤，心都在不停收緊。

畢竟前後幾分鐘的對比太強烈了。兩分鐘前還熙熙攘攘人來人往，不知不覺就僅僅剩下他們三人。這落差足以令最理智的人心生恐懼。

最糟糕的是，這三人足足往前走了一百多公尺，仍舊沒有走到出口。在夏彤的記憶裡，出口早就應該過了才對。奇怪了，這究竟是怎麼回事？

「怎麼還沒到出口？」嘉榮狐疑道：「明明應該過了才對。昨天我才來過這兒……」

這傢伙驚覺自己說溜了嘴，連忙捂住了嘴巴。說起來他這個小開也夠丟各路小開的臉，為了泡馬子展現自己不懼恐怖的男子氣概，嘉榮特意提前一天來體驗藝匣樂園的所有鬼屋。沒想到出師不利，夏彤不只不怕鬼，膽子似乎還比他大。可最令他詫異的是，中國館的鬼屋是樂園最精華的部分。但今晚看來，似乎比昨晚彩排時平庸得多。

許多項目都沒了不說，就連佈局都變了。嘉榮清楚地記得，一分鐘前走過的拐彎處本應該就是出口。但是出口沒了……

怪了？這究竟是怎麼了？

「好像有點不太對勁啊，小彤。」曼安白了嘉榮一眼，轉頭對夏彤說。

夏彤的視線不停的在四周竄動，突然，她看到了一絲白色的光，「那邊有節能燈的光，很亮。」

光是從背景牆內部透出來的，雖然在這昏暗的地方顯得反差特別大，但是因為只有一束光，所以基本上很難讓人發現。

「走，去看看。」夏彤微微判斷了一下，覺得過去探索利大於弊。

曼安反對，「要不乾脆還是往回走吧。」

夏彤愣了愣，居然同意了，「也行。」

一行三人開始往回走。沒走多遠嘉榮突然停住了腳步，再也不願意繼續走了。一滴滴的冷汗，從他的額頭上不停地往下流，他顯得十分緊張。

「嘉榮，你怎麼了？」曼安最先注意到他的異常。

「不能再往前走了，我們迷路了。」嘉榮哆嗦道，他的聲音顫抖不止。在這陰森恐怖的鬼屋中，血紅的燈光照在他的汗滴上，就連他發抖的聲音都變得陰陽怪氣，如同出自地獄深處。

「迷路？」曼安迷茫道：「往前往後就只有一條路，這兒只是鬼屋又不是迷宮。我們怎麼可能會迷路！」

「我們確實迷路了。」夏彤嘆了口氣，「說實話，樂園方的安排佈局很精緻，我必須褒獎，就連我都小小的有些感到不安了。」

「屁的安排佈局。藝匣樂園根本就沒有這種佈局。鬼屋真的只有一條路而已。」嘉榮不停地發抖，「不知為什麼，我覺得我們真的執意往回走的話，一定會死。」

曼安嚇了一大跳後，竟然笑了：「我知道了，嘉榮，是你安排的吧。你早就想要追求小彤了，票是你給倉扁的。小彤是你給我好處，要我幫你約的。可是這樣嚇我們，有點超過了喔。」

「我確實是想追夏彤。」嘉榮緊張地看了夏彤一眼，這理性漂亮的女孩，竟然毫無表情，「可是這真不是我安排的。」

「沒錯，我相信這不是你安排的。」夏彤淡淡說道。

「小彤！」曼安簡直不敢相信自己的耳朵，她第一次聽到夏彤為別的男人辯護，「妳該不會是……」

「笨蛋，我怎麼會喜歡這個連名字都沒記住的傢伙。」夏彤撇撇嘴：「但是這個傢伙沒說錯，我們如果執意往前走的話，真的會沒命。」

「怎麼會？」曼安搞不清楚狀況。

夏彤指了指前方的通道，「妳仔細看前面。那個房間本來佈置了許多以假亂真的塑膠利器，用來模擬古代墓穴中各種分解盜墓賊的機關。妳仔細看看那些機關，是不是有點不太一樣？」

「哪裡不一樣了？」曼安沒看出來。

夏彤冷哼一聲，從口袋裡掏出一把鑰匙，扔了出去。鑰匙在昏暗的空間中劃過一道弧線，落在了房間中央，只聽「啪」的一聲巨響，地上鋸齒狀的機關被觸發，彈簧帶著兩排鐵齒咬合到了一起。

那是貨真價實的鋸腿器，如果真有人不小心踩上去，絕對會被鐵齒割斷雙腿。

曼安嚇得一屁股坐在地上，「機關，那些機關變成真的了？」

滿屋子的機關，都透露著致命的氣息。無數機關將回去的路堵滿，無論如何他們三人都無法通過。各式各樣的機關太密集，固執往前，只是慘死。

「怎麼會這樣！」曼安絕望道。

「想再探究為什麼沒有任何意義。如果是陰謀的話，只有活著逃出去的人，才有資格問為什麼。」夏彤依舊很冷靜，她深呼吸了一口氣，說道：「轉頭，去那個發出白色燈光的地方看看。」

三人內心都很壓抑。他們搞不清楚為什麼如此詭異的事情會發生在自己身上。原本以為只是很普通的萬聖節遊園會，居然變成了鬼屋驚險之旅。將假的機關變成了真機關，明顯搞鬼的人根本就不在乎會不會死人……

幕後黑手是樂園的管理階層嗎？如果真是他們在搞鬼，那些腦袋有問題的傢伙們，到底想要幹什麼？

一連串的疑問現階段根本就沒有答案。夏彤輕輕咬著嘴唇，帶著嚇得快要癱軟的曼安和明顯要精神崩潰的嘉榮，來到了射出白色燈光的位置。

燈光就在幕牆背後。幕牆是可以移動的。夏彤吃力地將幕牆朝一旁推開，一個乾乾淨淨的正方形房間出現在他們眼前。

房間並不大，大約只有三十幾平方公尺。四面牆壁甚至屋頂和地面都被刷上了白色油漆。房間正中央，古怪地擺著一盞檯燈，一盞約三十公分高的檯燈。

夏彤等人看到的光，就是來自這座檯燈。

更奇怪的是，檯燈下方壓著一張紙條。

曼安將紙條扯出來，只見上邊只有寥寥幾個小字。

「千萬，別關燈。」曼安將紙上的字唸出來.

「這什麼意思？」她轉頭問夏彤。

夏彤思索了一下，「那就別關吧。」

「那字跡我認識。」一旁的嘉榮突然說了這句話，「既然他說別關燈，那我們就偏偏要關掉。關掉說不定就能逃出去了。」

說著，他就伸手向檯燈的開關摸過去。

就在這時，房間外一個撕心裂肺的喊聲刺破空氣傳了過來，「不要關燈，千萬不要關燈。」

衝進來的是譫語。可是顯然已經晚了，嘉榮在短暫的遲疑後，居然再不猶豫地按下檯燈的開關。

節能燈泡彷彿電影的慢動作般，逐漸暗淡下去。往前拚命跑的譫語頓時停住了腳步、一動也不敢動。

黑暗瀰漫在了這潔白到一塵不染的房間中。隨著黑暗的來臨，還有一股腐爛的恐怖氣息在蔓延。彷彿漆黑裡肉眼看不到的某些東西，也一併甦醒了過來……

房間中的所有人，都逃不掉了！

第一章 昏迷的守護女

「爺爺，我究竟要保護誰？」

一襲白衣，一雙柔弱的小拳頭，捏緊。十一歲的李夢月，始終不明白自己為什麼要不停、不停的練拳。她很柔弱，一直以來都體弱多病。長時間不停的練習，讓她小小的身體早已疲憊不堪。如果沒有堅定的意志力，她，早已經垮了。

但是李夢月最過剩的，就是堅韌不拔。她的堅韌不拔深入靈魂。李家是夜家的附庸，作為夜家其中之一的附庸家族，其實在千年來，早已沒有所謂的責任了。時代在變，無論是本家夜家也好，還是李家以及其餘附庸家族。年輕人都想出去看看。

李夢月是李家的遺孤，父母是誰，爺爺從來不肯告訴她。這個有著傾城面容的女孩，也乖巧的從來不問。

從出生時就患有遺傳疾病的李夢月受無法治癒的基因困擾，哪怕是多動幾下都咳嗽連連，喘不過氣。但是爺爺卻從她一歲時，就開始讓她練拳。

爺爺教她的拳十分怪異。所有的拳法姿勢都是從一本古書上來的。那本書，爺爺看不懂，也不敢看。那套拳，爺爺自己也不會。爺爺說，這種拳法，整個家族只有夜家的守護女，才能學習。

這一代，只有李夢月才能學會的拳法。李夢月確實學會了。但是每次爺爺看著她的眼神，都充滿了複雜的情緒。

越是將拳法學得深入，爺爺眼中的哀傷，越是強烈。

「爺爺，你不是說，我是夜家的守護女嗎？」漂亮而衰弱的李夢月，小小的臉蛋上流露著病態的蒼白，「我究竟要保護誰？」

爺爺想了想，「妳要保護的人，是下一代的夜家家主。」

「夜家的下一代家主，是誰？」李夢月偏著腦袋，好奇的又問。

爺爺緩慢地搖了搖頭：「我也不知道。」

「爺爺也有不知道的事情。」李夢月吃了一驚。

爺爺苦澀的一笑，「雖然我現在不知道，但是當妳真的成為守護女時，他，自然會出現。在那之前，夢月，妳只需要練好拳就好。」

穿著白色衣裳的李夢月「嗯」了一聲，她練拳的時候猶如一隻蝴蝶翩翩起舞。這怪異的拳法，似乎根本就沒有攻擊力。一種叫做電視的盒子裡的兩人抱在一起的舞蹈，看起來都比這套拳有攻擊力。

「可是爺爺，這只有我才會的拳。根本沒辦法保護別人嘛。」練習多了，小小的李夢月也會困惑，也會抱怨。

雖然她的病從未好過，一直在生死的邊緣徘徊。可是十一歲的她，充滿了好奇，充滿了小女孩的情緒。

她如此抱怨時，爺爺總慈愛地摸著她的小腦袋，「夢月，這套拳法原本就不是用來保護別人的。而是，保護妳的。」

「保護我？」李夢月撓了撓烏黑的長髮，不解道。

「妳的病很特殊。哪怕現代醫學再進步，也醫不好。只有練這套拳，才能替妳續命。」爺爺抬頭望向天空，深山中的夜家，天空乾淨如洗，「否則，妳早在三年前就死了。練好這套拳，妳才能在今後，活下去。」

今後？

活下去？

單純的李夢月以為爺爺說的是自己的病。其實她錯了。很久以後，當她來到山頂，被夜家當代族長帶到夜家的禁地時，她才明白，爺爺的話是什麼意思。

沒人清楚，只有十一歲的李夢月在夜家的禁地內遭遇了什麼。當她出來時，小小的李夢月，原本多愁善感的情緒全消失了。一同消失的還有她的病、所有的感情色彩，以及臉上的甜甜笑容。

可她仍舊沒有超出常人的能力，更不清楚，她要保護的是誰。

這讓夜家的族長很不解。因為歷代的守護女，在成為守護女的那一刻，就應該十分明白自己忠誠一生的主人是誰，就應該擁有超自然的力量。

原本應該出現的特徵，李夢月身上，一個都沒有。

夜家族長將下一代內定的族長夜峰帶到李夢月面前。十六歲左右的夜峰只比李夢月大不了多少。好奇少年盯著眼前這個三無少女，眨巴著眼睛，「喂，我知道妳是誰。妳是李家的孤兒小姑娘。喂喂，我上次還給過妳棒棒糖呢。怎麼不理我了？」

李夢月冷冷地看了他一眼，那刺痛靈魂的冰寒，讓夜峰有些害怕。夜峰扯著夜家族長的衣襬，「爺爺，這個小美女怎麼了？以前我跟她玩，她還挺喜歡我的，跟在我身後說要嫁給我咧。」

夜家族長用力拍在夜峰的頭頂上，罵道：「白癡，她已經是守護女了。」

族長在心裡咕噥著，腦子裡翻遍祖籍都沒眼前的狀況詭異。李夢月的意識明顯在夜家禁地受到了傷害。不過，她身上同樣成功地印上了守護女的痣。這就證明夜家下一代的守護女，已經創造成功了。

按照規則，李夢月應該是能自動辨別出下一代族長，她用生命保護的對象就站在近在咫尺的眼前才對！畢竟守護女和族長，從來都是一對一的出現。不應該有了守護女，卻不認族長的情況。說實話，夜家數千年歷史，極少出現類似的狀況。

難道，哪裡出錯了？

「夜峰，你去握握夢月的手。」族長向夜峰命令道。

夜峰連忙跑過去，想要抓住李夢月的手。李夢月瞪了他一眼，只是那眼神冷得夜峰凍徹心腑。讓他連一步都邁不出去，舉到半空中的手，也彷彿石化了，再也無法繼續往前伸出。

看到這一幕，夜家族長傻了。這簡直是不可思議。守護女居然從生理上就排斥下一代的族長。這可是夜家歷史上，從未有過的。該死，事情鬧大了。族長在原地踱著步，焦急地走來走去。

「再去試試。」踱步踱久了，也沒有頭緒。族長再次命令夜峰。

十六歲的夜峰縮了縮脖子，「不要。李夢月小妹妹好可怕。」

「狗崽子，叫你去抓她的手，就給老子去抓。」族長一腳踹在了夜峰屁股上。

夜峰沒辦法，尷尬地笑著，伸手想要再次去抓李夢月近在咫尺的小手。李夢月不耐煩了，反而先伸出了手。她一把拽住夜峰的衣領，過肩摔，將他整個人都甩了出去。

老族長驚訝地張大了嘴巴。

守護女居然乾淨俐落地出手攻擊自己的守護對象。這想完整個夜家歷史，翻遍族譜，也沒發生過這樣大逆不道的事情。難道，這個守護女是未完成品？

族長焦頭爛額地又開始在原地踱步。最終，他喃喃道：「族譜，祖上的典籍。不行，必須要回去徹底翻一翻。」

說完就扔下痛得爬不起來的夜峰和守護女，自己跑掉了。

夜峰揉著自己發痛的背，望著柔弱但是卻猶如將世界隔離在自己情緒之外的李夢月。看得竟然出了神。

三無的李夢月見族長走後，看也沒看他一眼，也悠然地踏著不多一分不少一毫的步履，離開了。

走得如此的乾淨俐落，彷彿她的視網膜上，從未有過他。

當晚，夜家與其餘的幾個附庸家族開了一整夜的會。他們翻閱典籍、討論種種可能。第二天一早，夜家族長召集所有三至十六歲的家族男性來到祖屋，讓他們一個一個的去握李夢月的手。

可是每一個男性，哪怕只是走到李夢月身旁三公尺範圍，都會被守護女全身上下彷彿排斥世界的陰寒侵襲，冷得發抖，上氣不接下氣。甚至完全失去了再往前走哪怕一步的勇氣。

李夢月只是站在那兒而已，就已經恍如隨時會出竅的絕世寶劍、配上她絕色的面容，逼人的銳氣勢不可擋。

所有人，都失敗了。

族長臉色灰敗、不知所措。這一次跟著他不知所措原地踱步的，還有各個家族的長老們。哪怕是守護女的爺爺，也同樣心驚膽寒。

爺爺走到李夢月的身旁，本來想如同往常一樣，摸摸她的小腦袋。可是手剛湊過去，卻再也無法摸下去。她腦袋上隔著一層無法跨越的氣場，看不見摸不著，卻讓人有種刺破靈魂的痛。

從夜家禁地回來後，李夢月就變成了現在的樣子。無論男人女人、年紀多大、是不是有血緣關係，都無法接近她、靠近她。一走入她的氣場範圍，就會受到陰寒刺骨的精神攻擊。

那猶如絕對零度的極寒攻擊，能夠引起靠近者精神層面的負面情緒，甚至生理上都會難受不已。

該死，自己的乖孫女，究竟怎麼了？

李夢月到底在夜家禁地發生了什麼事？她明明已經成了夜家的守護女，可為什麼從她身體裡溢出的氣息，居然會自發地攻擊所有夜家人？

簡直難以理解。翻開夜家數千年歷史，從來沒有發生過如此糟糕的狀況。

族長和幾個附庸家族的長老再次開了一個長會，內容不甚樂觀。每個人的表情都不太好。長長嘆了口氣後，李夢月的爺爺才顫聲道：「是不是有什麼地方，被我們忽略了？要不，再從歷代典籍上查查。」

「查，還查個屁。」夜家族長一籌莫展的破口大罵：「異兆已出，那是毀族的徵兆。我們三個家族，怕是要完了。沒有守護女的夜家……無法想像，無法想像。」

族長連用了好幾個無法想像，後邊的話卻沒敢說出口。夜家隱藏的秘密，只有族長一個人知道。附庸家族大概能猜到沒有守護女後，情況會很糟糕，但是糟糕到什麼程度。恐怕也只有族長才清楚。

沒有守護女的主家和附庸家族，會很慘，比死亡還要慘。有人說死都不怕，害怕活？那是因為他還沒有真正遇過比死亡更可怕的東西。沒有了守護女，夜家那比死還可怕的厄運，就會降臨到每一個人頭上。

沒人，能夠逃脫！

夜家的知情者在這莫名其妙的變故中不知所措，三個家族都被上層的慌亂影響，一時間亂成了一團。

已經成為守護女的李夢月，小小的身體中蘊藏著冷漠與孤獨。她極少說話，她一言不發。她愛獨自坐在河岸，一坐就是一整天。沒有人知道這個漂亮小女孩的小腦袋瓜中，究竟在想些什麼？又或者，她什麼都沒想。

家族的慌亂，也完全沒有影響到她。

她就每日每日，這麼悠閒地坐著。除了吃飯，就是看著這座與世隔絕的村落中，那條穿過村子的小河，從不無聊。

日復一日。

夜家族長派人監視她，卻不見她有什麼動靜。沒有守護女的村子，危機在暗流中蠢蠢欲動。這股暗流沒有人發現，唯有族長清楚得很。那創造了夜家歷代守護女的禁地，如同一隻正在啄開殼的怪物，當它破殼而出的那一日，就是所有人厄運臨頭的那一刻。

族長根本沒有辦法阻止它噴發。

而對於李夢月，她爺爺倒是看出了端倪。他偷偷將夜家族長叫到河岸邊，「我孫女似乎在等什麼。」

「等？」夜家族長看了一眨不眨看著河水流動的李夢月：「她不就是在發呆嗎？」

夢月的爺爺搖了搖頭，「雖然那丫頭行為舉止變了，也變得沉默寡言了。但她畢竟是我孫女。她，肯定在等誰。」

族長腦中靈光一閃，「守護女還能等誰。如果有誰值得等的話，那就只有未來的夜家族長了。」

說罷，他不停的在原地踱步，「難道夢月丫頭要守護的人，並不在村子中？」

想到這兒，他一把拽住了負責家族族譜的夜老七，「我們夜家直系中，誰不在村子裡？」

「老大，你忘了你二兒子家的小子了嗎？」夜老七想了想：「要說最有可能的，或許要算……」

夜老七的話還沒說完，本來日復一日坐在河邊的守護女李夢月，她，居然站了起來。漂亮得令人窒息的小蘿莉渾身散發的寒冰氣息就那麼一窒，小小的腦袋一偏，徑直朝村口望去。

她附近的三族長老們同時一呆。這是怎麼回事？

「快，我們去村口。」一夜家族長什麼也顧不上了，邁開自己的老腿，以不輸年輕人的速度朝村口跑去。

攸關三個家族所有人的命運，不由得他不急。

一到村口，他就看到了驚人的一幕……

第二章 別關燈

那年我十二歲。

是不是確實是十二歲，我其實已經記不太清楚了。就連那件事情，我的記憶也有許多模模糊糊不太確定的地方。如果硬要回憶，總感覺有什麼東西在阻止那段記憶。所以我還回憶得起的記憶碎片，並不是太多。

我知道我叫夜不語，挺古怪的名字。據說是爺爺取的名。但是打很小的時候，我就被父母帶離了夜村。說是帶走，不如說，是被驅逐走的。

因為在夜村的我，每多留一天，那個與世隔絕的小村子，就老是會發生古怪的事情。

作為第一人稱的我而言，自然是不明白所謂古怪的事到底有多古怪，畢竟我終究不是受害者。在夜村遭殃的也永遠不會是我。

這是一種不幸。

因為被我牽連的小夥伴們的父母，無論是不是真的被我殃及了，都會怪到我頭上。衝到家中對我一陣大罵。我的身世很離奇，由於在從前的故事中提過，所以在這兒我也不想多囉嗦的詳細介紹一遍。

總之，小時候的我在夜村，是個不招人待見的小孩，總是孤獨一人，和我靠得近的，都會被他們的父母扯著耳朵帶回家。

所以被驅逐出夜村的我，其實也算是一種幸運。至少在村外，我影響別人的厄運體質變弱了許多。

真的。這真的是真的。哪怕現在老男人楊俊飛一眾混蛋都調侃我是紅顏殺手，但這厄運體質真的弱化了數個量級。在夜村的我，就是個行走的厄運炸彈。隨著年歲增加，籠罩的厄運，也在膨脹。

總之離開了夜村的我，和父親雖然過得清苦，但是有苦有樂。至少身旁也沒有出現過太古怪的事情。直到十二歲那一年。

原本我只是散播厄運，自己不會遭受厄運。那一天第一次莫名其妙、突如其來的遇到了所謂厄運，感受到了厄運帶來的苦果。

厄運滔天，將柔弱的我籠罩住，一發不可收拾。

如果非要從那時不太多的記憶中，像擠牙膏般擠出一些故事的話。那麼，厄運最開始被我發覺到，肯定要從那一件事說起……

那時候，我正在春城附近一個小鎮上讀小學六年級。作為小學生的我，正是沒心沒肺而且什麼都不懂的年級。由於家庭的因素，我對什麼都提不起勁兒，也是個不太看周圍氣氛的傢伙。所以，我也沒有什麼朋友。

雖然對那段時間的記憶，自己很模糊。但是唯獨那件事，我居然記得非常清晰。不只是清晰，我甚至能記得，自己當天穿著什麼衣服，漱口時刷了多少下。也記得，我是什麼時候去學校的……

怪事，就是我去學校的那個早晨，發生的。

我就讀的小學名字挺普通，叫做東坐一小。為什麼叫東坐？據本地大人說，東坐一小的正門口，曾經是古代的行刑場。許多犯了事的人，就會被拉到這兒。在這兒，死囚被拉扯著跪坐下，頭一按，刀一砍，命就沒了。

最怪異的是，無論是誰，朝哪個位置。只要在這兒砍腦袋，人首分離時，死囚的腦袋永遠是朝東邊滾落的、眼睛也會死死地往東邊翻，永不瞑目。久而久之，當地人就將這條街稱為東坐。於是坐落在東坐街上的小學，自然而然被取名為東坐一小。

人越小，好奇心反而越重。我對稀奇古怪的離奇事件很感興趣。有時候老在腦子裡幻想，人為什麼沒有腦袋就會死掉？被砍斷腦袋的人，會覺得痛嗎？

日月流轉，昔日的行刑場變成了現在的東坐街，甚至成為了小鎮的鬧市。當我六點過洗漱完畢，蹦蹦跳跳地跑去上學時，許多早餐店已經開門了。

我照例吃了兩根油條，一碗豆漿後，走進了學校門。

關於學校，其實也沒有太多可描述的。它和國內大多數小鎮的老小學差不多，處在一條陰暗的巷子，前身都是由本地居民們不怎麼願意提及，充滿負面評價的地改建而成的。

整間小學的採光都不好，由於鎮上人不多，所以這所小學一共也只有一棟六層高的教學大樓。我讀的六年二班，就位於教學大樓的第六層。

那天我值日。

不知道是不是來得太早的緣故，一路從樓梯上去，沒碰見半個人，彷彿偌大的世界，只有我。孤寂的走廊，陰暗潮濕。老舊的本是白色的牆壁已經泛黃，牆根上甚至有牆皮返潮。

六樓的高度，說高不高，說矮不矮。剛好隱藏在附近民宅的陰影裡，長年見不到太陽。就在我朝教室走去的時候，突然，覺得自己在走廊盡頭的黑暗中，看到了什麼奇怪的東西。

那是一團黑漆漆的影子，就重疊在黑暗的陰影中。

那股感覺很怪異，兩團深淺不一的影子疊在一起，猶如怪物般，就那麼昂起頭，用分辨不出視覺器官的視線直愣愣地看著我。

明明只是一團影，我卻彷彿被掠食動物鎖定的羚羊，一動也不能動。

「終於，找到了。嘻嘻。」像是耳邊吹來一陣悄悄話，令我刺骨到凍結的風鑽入了我的耳道。我渾身發抖得厲害。

那團影動了。

它夾在陰影的縫隙中，猶如二次元的生物，就那麼在地板上、牆壁上、天花板上不停地變換著角度，在連成一片的影子裡拖著它噁心的長長軀體，朝我不停地逼近。

我想要逃，但是我的腳抖得厲害。我不明白自己為什麼害怕，那股凍結心臟的恐懼，根本就難以壓抑。哪怕是理智，也無法抗拒它。何況當時的我，不過是個十二歲的小屁孩而已。

「找到了。」

「找到你了。」

我跟它隔著整整一條走廊，五間教室的距離，足足有三十多公尺。那團影越是朝我靠近，變得越濃，最後甚至變得漆黑一片。彷彿承載著它的牆壁上多出了一團可以移動的墨。

它的爪子尖銳猙獰，它伸出五根筷子般狹長的指頭想要抓住我。

我好不容易才掙脫恐懼，猛地向後一跳。黑色陰影的指頭戳在了穿過東邊民宅的間隙偶然灑落下來的一絲陽光上。

它發出撕心裂肺的痛苦尖叫，漆黑的身子躲開那團光，又再次朝我撲來。

它怕光？

我心裡閃過一絲明悟。自己小小的身體不停向後退，影子使勁地想要抓住我。它在黑暗中遊刃有餘，那黑漆漆的平面世界，彷彿能給予它無窮的力量。

每一次試圖抓住我，但被我逃掉的瞬間，本來只是處於二維的影子，卻在真實的世界留下痕跡。牆上、地面上，滿滿都是黑影尖銳的指頭戳出來的小孔，看得我頭皮發麻。

我好不容易才逃到走廊盡頭，用手一摸，摸到了一根塑膠繩。然後使勁兒地拉了下去。怪影的猙獰手指離我只剩下幾公分的距離，突然，走廊大亮。

明亮的光從天花板上散落，走廊燈一盞盞的閃爍，亮起。

濃墨般的黑影如同受到了致命打擊，連忙妄圖蜷縮到角落光照不到的地方。我的眼睛連忙捕捉著它躲避的方向。

在逐漸亮起的光中，怪影躲避得非常迅速。它的身軀很長，一團團的如同毛毛蟲般不停的朝教室內擠。

它擠入的是六年一班的教室。

我一腦袋的冷汗，深深呼吸了一口氣，強自忍著內心的恐懼，再次站立起來。雖然搞不清楚那個怪影究竟是什麼、為什麼想要抓我。但是既然它想要我的命，那我夜不語也不是好惹的。它懼怕光，我就一鼓作氣，利用光弄死它。

自己一步一步的朝六年一班的教室走去，透過玻璃朝裡邊望了一眼。黑漆漆的教室內，什麼也看不到。

得開燈把它逼出來。我想了想，推了推教室門。門鎖著，沒開。對了，每個教室都應該鎖著，早晨值日生來了才開門的。

我猶豫了一下，咬了咬牙。直覺告訴我，那個充滿惡意的漆黑怪東西，對我有害。不是它死，就是我亡。放任它不管肯定會出大事。

自己從口袋裡掏出一串鑰匙，再次用力呼吸後，將「從小要做不能隨意破壞公物的好學生」這每天都會被老師教育的準則扔在一邊。使勁兒地用鑰匙砸向教室玻璃。砸了幾下後，離燈開關最近的玻璃發出「匡噹」一聲，應聲而碎。

我一不做二不休，以極快的速度踢掉剩下的破玻璃，翻進一班的教室。黑暗中，那團影又出現了。濃得如同潑墨般向我抓過來，眼疾手快的我估摸著距離，一把跳起，拍中了牆壁上的燈光按鈕。

燈開了。

黑影憤怒的慘嚎一聲，收縮起自己的身體如同倒帶似的，巨大身體不停地朝中間課桌的抽屜裡爬。

大團黑色的影在白熾燈中，彷彿燃燒起來。火焰是黑色的、蒸發的濃煙是黑色的。它們只出現在二維平面上，我的眼睛裡倒映著地面上扁扁的火焰、扁扁的煙霧。

那個怪東西因為光而受傷了，或許只要多重創它幾次，讓它在光中蒸發殆盡，它就會消失！

我往前走了幾步，小腦袋瓜不停盤算著該怎麼誘騙它出來反覆揉捏重創它。就在這時，只聽一班教室的門外傳來幾個稚嫩的聲音。

「誰把玻璃打破了？」其中一個是女孩，她驚訝地喊道：「燈還開著，快打開門看看。」

門鎖隨即打開了，三張小臉露了出來。

「夜不語，你怎麼在這裡？」看著我站在教室中央，手正搖晃著一張課桌，最先進來的女生很是意外，「我們班的玻璃是你打破的？」

另一個男生伸出手，「老師說要節約用電，你幹嘛打碎我們教室的玻璃，還開我們教室的燈。真是個古怪的傢伙。」

說著，他就想要將教室的燈關上。

我嚇得肝膽俱裂，「不要關燈！」

可是已經晚了。這個傢伙根本不在乎我的話，順手就按下了燈的開關。

光芒熄滅，教室中僅剩下一抹昏暗。

昏暗蔓延開後，便是鋪天蓋地的黑暗，籠罩了教室中的四人……

第三章 墓碑

「夜不語，你是夜不語對不對？你不記得我了？枉費我們同學一場。雖然是小學同學。」咖啡廳裡，一個男人大刺刺地走過來，坐到了我對面。

我忙著用手機聯絡某個人，抽空抬頭看了他一眼。這個雄性生物大約和我同樣年紀，但是並沒有進入過象牙塔的痕跡，滿身洋溢著一種在社會上歷練已久的市儈感覺。見我用沒有焦點的瞳孔在自己身上落了落後，又挪回手機上，那傢伙急了。

「你不會真的不記得我了吧？我真是你的小學同學。枉費你這傢伙記性好得很，在學校智商情商都很高，沒想到才十多年不見，就有罹患帕金森氏症的跡象了。」雄性生物老實不客氣的想要搶我手裡的手機。

這叫什麼人，情商也太低了點。我皺了皺眉頭，挪動手機躲開了他的搶奪。

「首先，你形容我老年健忘，應該說是阿茲海默症，而不是帕金森氏症。」我抬頭，沒好氣地說：「其次，你說你是我同學也不對，我們不同班。」

「啊哈，總之你還是承認我們是同學了。」這傢伙得意了，「這說明了，你記得我，只是你懶得搭理我。」

他還挺清楚，就是沒有自知之明。

沒錯，我確實不想搭理他。這傢伙的確是我的小學同學，不過他是一班的，而我，是二班的。

「這十幾年你在哪兒混啊，夜兄。小學畢業後就沒有你的音訊了。」他手裡端著一杯生啤，在咖啡店裡喝生啤，果然很符合他的性格。古人說三歲見老，這麼多年了，這傢伙個性真的沒怎麼變。

我繼續回簡訊，頭低下去了後就難得再抬起，「你又錯了，小學六年級後我就離開，到別的城市了。沒跟你一起畢業。」

「對啊，對啊。我都忘了。哈哈哈。」他神色突然一變，「自從那件事之後，你倒是拍拍屁股就離開了。」

我猛地看向他。他的表情裡滿是驚恐，之後才緩慢的僵硬一笑，「算了算了，我們都約好不再提這件事。之後你還好嗎？」

「挺好的。」我淡淡回答。

六年級時發生過一件相對於我的記憶而言，很難回憶的事情。彷彿有什麼東西隔在那段記憶前，經過了許多年，我才稍微回憶起一些。不過這隔壁班的雄性生物我卻是還記得名字，叫嘉聯。人挺二貨。

「你倒是把什麼都忘了，過得挺好的，挺好的……」嘉聯小聲咕噥著，彷彿怕我聽到。我們之間沉默了幾秒鐘，這二貨才指了指我背後，「夜不語老兄，我老早就想問了，你背上揹的是什麼？」

「人。」

我背上揹著用厚厚羽絨服遮蓋著身體和臉部的一大團不明物體，一邊用手機聊天，一邊悠哉地喝咖啡。完全無視不斷射來古怪眼神的來往顧客。

「女人？」嘉聯咂巴了下嘴。

「對。」我言簡意賅。

「奇怪了，你幹嘛揹一個女人在背上喝咖啡。她生病了？生病了你還帶她來喝咖啡，還只點自己的一份，也不幫她點一杯。這也太詭異了吧。小學時你就是個怪人，現在我覺得你越來越奇怪了。」嘉聯義憤填膺，「最怪的是，你把一個病人包得嚴嚴實實，連透氣孔都不留。簡直是虐待嘛！」

這傢伙突然站起身，以迅雷不及掩耳之勢伸手，越過不寬的咖啡桌將我揹在背後的人的帽子掀開。

一張美到令人窒息、冰冷絕麗的臉龐，頓時暴露在空氣中。

嘉聯被那張毫無瑕疵的臉震驚了，留在半空中的手呆滯僵硬，就那麼整個人都保持在不動的姿態。

背上的守護女仍在沉睡中，不知道有沒有做夢。捆在我背上的她，似乎始終能感受到我的氣息。所以通體洩露的冰寒拒人於千里之外的氣息少了些。三無臉龐的深處，多了一份恬靜。

不知道，她有沒有做夢。

我溫柔地將她的臉重新用帽子遮住。

嘉聯這才好不容易從震驚中回復，縮回身體，用力將杯子裡的生啤喝完，感嘆道：「好漂亮的妞兒，你老婆？」

我不置可否，也沒回答他。

「你該不會是在拐賣人口吧。」他浮想聯翩。

我狠狠瞪了這傢伙一眼，嘉聯頓時縮了縮脖子，連忙嚇得擺手，「開玩笑開玩笑。這麼漂亮的妞兒哪裡拐得來，我這個富二代都不敢高攀呢。」

人的美分很多種，有的女孩美得令人窒息、美得令人想要佔有。但是有一種美，卻美得像是高山遠景、海市蜃樓，讓人覺得自慚形穢高攀不得。守護女李夢月的美無疑是後者，她美得高冷，令所有人都難以靠近。

不得不說嘉聯很敏感，他很清楚什麼美自己可以擁有，而哪種美只敢遠遠望一下，欣賞一下就好。僅僅只看了李夢月的睡臉一眼，就讓他心臟快要爆炸了。那股窒息的美麗帶來的是同樣讓人窒息的危險，彷彿無數尖銳的針尖刺入心臟，讓他驚魂未定。

這可不是什麼讓人愉快的經歷。嘉聯甚至都不敢再將視線移到我的背後了。

他轉了轉喝空的酒杯，見我不停在用手機聊天，不由多嘴道：「你在和誰聊天？

對了夜不語，你不是小學就離開這個城市，似乎再也沒有回來過了嘛。你是哪天又回來的？」

「今天一早的飛機到的。」我在手機上打出最後幾個字。

嘉聯好奇道：「回來幹嘛？我記得你這裡沒親戚沒朋友才對。」

「有人約我。」我回答。

「真巧真巧。」嘉聯得意的炫耀起來，「今天也是有人約我來這家咖啡廳的，我馬子喔，漂亮得很。而且你還認識。熟人！」

「誰是你馬子！」一個清冷的女孩聲音從他背後傳了過來。

嘉聯立刻如同霜打的茄子，焉了。

「老班長。」這二貨尷尬地笑了兩聲，回頭。我同樣也抬起頭，望了過去。

只見一個知性大方的女孩正站在座位旁，不算太漂亮，甚至潔白無瑕的臉上都沒太多表情。可那一副書讀得很多的氣質，令人很是舒服。

女孩瞪了嘉聯一眼後，視線落在了我身上，「夜不語。」

「班長。」我微微一笑。

女孩也笑了，「我是一班的班長，可不是你的班長。」

「叫習慣了。」我「嘿嘿」兩聲，「班長還是那麼漂亮。」

「你也變化不大，也小時候的模樣。」

女孩迅速在我背上的人身上一掃，什麼也沒多問，朝我身旁擠了擠，坐了下去。完全無視嘉聯拚命揮舞著手想要班長坐自己旁邊的肢體動作。

「班長，那傢伙已經有馬子了。老婆都揹在背上呢，妳一點希望都沒有了。還是我值得擁有，好歹我也是個富二代嘛。」這二貨估計是這麼多年被拒絕得多了，一點也沒流露出失望表情，反而直白地發著牢騷。

我們倆都完全無視這傢伙，自顧自的聊起了沒營養的客套話。不過顯然我們兩個都不擅長這種事，所以沒聊兩句後，就無話可說了。

身旁的女孩是我讀小學時的一班班長，我雖然是二班，但因為和她以及其他幾個人遇到過某件古怪的事情，所以反而走得比較近，所以小時候我也跟著別人叫她班長，叫習慣了。她叫梅雨，據說生下來的時候正是梅雨時節，所以她的二貨老爹就給她取了這麼一個完全不符合她性格和氣質的坑女名字。

不過，我覺得她叫梅雨，其實很相襯。

她現在應該已經讀大四了吧。梅雨班長成績一直很好，表面上自信傲慢，其實是個十足的老好人。

見我倆有一搭沒一搭的已經將嘮家常偏到了未知的領域，一旁的嘉聯突然露出一副恍然大悟的表情。

「該不會，夜兄。約你的人和約我的人，是同一個人吧？」嘉聯指了指梅雨，「都是老班長約的？」

我還沒開腔，梅雨已經點了點頭：「確實是我約夜不語的。」

「為了那件事？」嘉聯臉色變了幾變，顯然回憶起了什麼可怕的東西。

「沒錯。」女孩眼神閃爍了幾下，看向我，認真的，一個字一個字地說：「夜不語，很抱歉大老遠的讓你來一趟。我覺得，那個東西，又出現了！」

「那個東西？」我愣了愣，回憶開始蔓延。從一直籠罩在黑幕中的久遠記憶開始回潮，「妳是說那個黑影？」

「你不記得了？」梅雨顯然有些吃驚。

我苦笑，「由於發生了種種事情，還記得的地方不多。」

「確實，當初你的狀況的確不樂觀。患了選擇性記憶障礙的可能性很大。」梅雨露出「你真幸運」的表情，她語氣頓了頓，才說道：「還是先從最近發生的一些怪事講起吧。」

嘉聯又點了一大杯生啤，一飲而盡：「我先講。」

「不！」梅雨搖了搖腦袋：「還是我先講吧。」

女孩冷豔的神色一凝，凝重和恐懼糾纏在回憶中，顯然那件事最近對她的影響很大。

「我在讀師範學校，雖然還沒畢業，但是由於成績優秀。被城裡一間很好的私立學校提前錄取了，最近在學校裡當實習老師。前些天，一大早，我所在的學校，發生了可怕的事情。」

隨著她略帶恐慌的好聽聲音緩緩流淌，她的經歷也展露在了我面前。

梅雨實習的學校，叫做藝匣中學。是一家集小學、國中和高中部的大型私立學校，在本地口碑非常好。

班長從來都是個做事認真的人。那天一大早，她照常提早半個小時到學校準備上課用的東西。

就在那時，她發現了一個奇怪的現象。

為什麼要用到「現象」這個詞。是因為它確確實實，是一個「現象」般的情況！

梅雨教國中二年級的數學，教室位在六樓，從右側的窗戶望出去，就能看到操場。周長四百公尺的操場從六樓往下望，可以看得很清楚。外圈是塗成了紅色的塑膠跑道，紅圈裡邊是暗淡的綠色。

由於她來得比較早，所以天色還沒有亮盡。太陽躲在西半球，只露出了小小的一個側臉。火燒雲在天際的盡頭，隱藏在重重大廈的天際線背後。

那天早晨第一堂課，剛好是國中二年一班的數學課。梅雨提前放好教具後準備去教職員辦公室，突然，她在離開教室前無意間瞥了一眼窗外。之後整個人都愣住了。

只見窗外的操場正中央，赫然放著一個灰濛濛的東西，不大，但是在操場的紅色和綠色中，極為顯眼。

梅雨揉了揉眼睛，她縮回剛探出教室門一半的腿，然後走到了窗臺前。距離近了一些後，她稍微能看清楚操場上灰濛濛的玩意兒，究竟是什麼東西了。

那是一個墓碑。

由灰色質地的石頭雕刻而成的墓碑。那小小的墓碑就那麼莫名其妙地豎立在操場的正中間，顯得極為詭異。

「誰把墓碑擺在操場上的？」梅雨撓了撓頭，她對此很是奇怪。正準備下去看看，這時，班上的學生陸續進來了。

「老師，老師。妳看到操場上有一塊墓碑沒有？不知道是誰昨晚搞的鬼。」走進教室的是一班的班長，一個紮著短馬尾辮，看起來很精神的女孩。她絲毫沒感覺到害怕，反而口吻裡帶著興奮。

現在的小屁孩，一遇到反常事情，比誰都要激動。

梅雨只是實習老師，也不敢亂說什麼，安撫了幾句之後就離開了。只是心裡，留下了些不好的陰影。操場上那塊墓碑，猶如一根尖銳的圖釘，不知為何，就那麼死死地釘在她的腦海中，她無論如何都止不住胡思亂想。

隨著人來得越多，看到操場正中央那塊墓碑的人也越多。每個人的表情都不盡相同。很快，全校都知道了那塊墓碑的存在。

早自習時，有幾個大膽的老師跑去調查操場上的墓碑後，臉上露出莫名其妙的表情回來了。

「那個墓碑很久，似乎有些年頭了。碑面上的文字根本看不清楚，磨損得厲害。」說話的是體育老師，他一邊跟其他老師描述墓碑，一邊用手胡亂揮舞著，「墓碑大約有半個人那麼高，我抱了抱，一個成年人都根本抱不動。完全不知道是誰運過來的，運那麼沉重的東西，操場上居然一點痕跡都沒留下，太詭異了！」

辦公室裡年輕的女老師們被他的描述搞得有些害怕。

這件事，甚至連校長都驚動了。小老頭召集全校老師開了一個簡短的會議。

「各位老師，你們大概也聽說了。昨晚不知道是誰，出於什麼目的，將一塊古墳碑運到了咱們學校的操場上。我讓警衛室調了監視器紀錄，但沒有拍到是誰幹的。幹這件事的人很隱蔽，而且非常聰明的躲過了我們的監視器。顯然，他事先查探過，應該也策劃了很久。甚至，極有可能是我們學校的學生。」

小老頭咳嗽了幾下，陰沉著臉，「這件事甚至連股東都驚動了。為了我們學校的聲譽，必須將這個惡作劇的傢伙揪出來，加以懲罰。所以，各位老師今天的工作，除了完成教學任務外，還要盤查自己負責的班級，找出有可能惡作劇的學生。」

校長下令後，慢悠悠離開了。他一邊走，一邊還透過窗戶玻璃一眨不眨地死盯著那塊墓碑瞅個不停。梅雨突然覺得，小老頭臉上的焦慮陰沉中，還隱隱藏著一絲拚命掩蓋的恐懼。

怪了，究竟校長在害怕些什麼？

梅雨不明白，顯然其他教職員也沒注意到。早自習結束後，第一堂課開始了。梅雨走到二年一班上數學。她明顯感覺到班上許多學生都心不在焉。

私立學校的競爭其實很大。因為能夠進入費用昂貴的私立學校的孩子，家裡至少都是中產階級。全世界的中產階級都是焦慮的。他們拚命往上一個階層爬，恐懼從這一個階層跌落。他們為人父母後，尤其害怕自己的孩子輸在起跑線上。

所以私立學校的教學任務，壓力非常大。還好大多數學生們雖然不太明白自己的父母究竟在焦慮什麼，但仍舊繼承了父母的焦慮，很努力在學習。

但今天，或許是操場上墓碑的原因。教室裡的孩子們根本都沒有用心記筆記，反而一個個偷偷朝外瞅。

突然，坐在窗戶邊的男生驚訝地喊了一聲，甚至從座位上嚇得站了起來。

「你怎麼了？」梅雨停止寫板書，轉過身，看向那個男孩。

男生一臉見鬼的表情，驚魂不定道：「老師，老師，妳快看操場。」

「操場怎麼了？」梅雨不滿地咕噥了兩聲。

男生害怕的大聲道：「墓碑，墓碑變多了！」

話音一落，整間教室的學生都再也顧不上還在上課，蜂擁著朝窗臺擠過去。不只是梅雨所在的班級，甚至隔壁班都傳來了此起彼落的學生驚叫聲。

梅雨下意識的也看向窗外。這一看，一股毛骨悚然的陰寒頓時從腳底爬到了頭頂。她整個人的寒毛都豎了起來。

只見對比鮮明的操場上，原本豎立著的灰褐色髒兮兮的墓碑，不知在什麼時候變多了。

從一個，變成了兩個……

太奇怪了！這到底是怎麼回事？到底是誰在惡作劇？

梅雨心裡那股不好的預感，猛地爆發了似的，越發不安起來！

第四章 繁殖的墓碑

梅雨有著堅韌不拔的性格，驕傲的自尊。她小時候家裡很貧窮，但是她的堅韌、努力以及樂觀，總能打動她周圍的人。

有些人看上去只是順眼而已，但是當你深入瞭解了她的人格魅力，你就會覺得她很美、美麗到令你動心。所以嘉聯這個花心富二代才會從小如同狗皮膏藥一般貼在梅雨周圍，就是因為他能欣賞到梅雨的美。

只不過梅雨似乎一直以來對他不感興趣。甚至，梅雨從來就沒有流露過自己作為正常女性的感情。

她喜歡讀書，成績很好。她覺得只有靠知識才能改變自己的貧窮，而不是透過婚姻。事實上，她也做到了。還未畢業就被藝匣私立學校破格錄取，雖然現在只是實習老師，但是只要她畢業，就能轉正。

私立學校的薪水待遇不錯，再加上她也有努力在附近的幾個培訓機構當講師，小小年紀，收入就相當高了。

但是，在梅雨樂觀堅韌的性格背後，其實一直都有一種赤裸裸的孤獨。猶如在萬里無人的荒野上獨自爬一座深入雲層的梯子，往上往下，都沒有人能幫得了她。

「有一年，我永遠忘不了那一年。我一個人在一間陌生城市租屋裡，外面很黑。我突然發瘋似的跑出屋外，對著外面剛剛經過的灑水車大聲說謝謝。因為當時灑水車放的音樂是生日快樂。」梅雨故事講了一段後，突然講起了自己那年的生日，「就是那一年，我才發現自己究竟有多孤獨。我告訴自己，我不能再這麼孤獨下去了。可是，夜裡突然發現，孤獨已經成為了我的一種習慣。」

當年生日時那種獨自一人的孤獨感帶來的難受，沒想到在幾年後的藝匣私立學校，同樣的感受，又出現了一次。

不一樣的是，這次不是孤獨帶來的。而是操場上那些來由莫名其妙的古老墓碑。人的感覺和情緒真的很奇怪。孤獨感讓人痛苦，恐懼感同樣讓人痛苦。雖然這兩種痛苦並不由大腦的同一處腦結構來處理，但是給人帶來的慌亂和神經上的痛，卻極為相似。

只是梅雨並不明白，這些墓碑，為什麼會讓自己如此在意，如此難受。

墓碑，從一個變成了兩個。整個學校都再次震驚了。

校長臨時讓全校學生自習，找來所有教職員開會。大禮堂中密密麻麻坐滿了老師，大家都沉默著。由於弄不清楚情況，也不明白為什麼會有墓碑神秘的出現在操場，所以老師們更多的是不知所措。

沉默和壓抑，瀰漫在可容納數百人的禮堂中。而禮堂，就在操場左邊。透過窗戶，甚至能隔著一百多公尺的距離，看到那陰沉的天空下，顯得極為詭異的兩座墓碑。

校長的臉比窗外的天色更加陰沉，他拍了拍桌子，喉嚨動了兩下，卻沒有將準備好的話說出來。只是擺了擺手，叫體育老師上來：「先讓趙老師幫大家講講情況。」

大老粗的體育老師手裡捧了個小本子，因為很久沒有被如此多同事注視，只得咳嗽兩聲掩蓋緊張，他照著本子唸出調查結果：「對今天出現在操場的兩個墓碑，我拽著歷史老師去調查了一下。結論如此，第一個墓碑的出現時間，由於找不到監視紀錄，所以張老師和我都認為是昨天凌晨被人運到操場的。至於第二個墓碑，出現時間在早自習之後的第一堂課，也就是八點到九點之間。」

體育老師接著道：「墓碑上的文字過於斑駁，但是據張老師推測，應該有數百年歷史。形制類似清朝道光年間。但奇怪的是，我們完全找不到搬運墓碑的痕跡。幾百斤重的墓碑，少數幾個人是搬不動的，搬的人多了別人就會看到。所以我猜犯人是用手推車將墓碑推過來的。可是載那麼重的墓碑，車輪肯定會在塑膠跑道上留下壓痕。」

體育老師對此也十分迷惑，「我沒有找到壓痕。就連今早放在操場的第二個墓碑，明明是白天運來的，可是全校師生包括警衛幾百個人，硬是沒一個人將犯人逮住。甚至連監視器影像都沒找到他的蹤跡。也就是說，墓碑有可能早就被放在校內了，不然整個藝匣私立，只有一個出入口，其餘地方都被三公尺高的圍牆圍住，完全就是密室。犯人不可能臨時將墓碑運進來。」

「結論！」校長重重的敲了敲桌子。

體育老師頓時沒了力氣，「校長，我哪來的結論，這事情透著古怪。而且越調查，我越覺得詭異得很……」

「算了，沒用的傢伙。」校長搖搖頭，環顧了教職員一眼：「總之趙老師的調查還是有用的，幹這件事的人，我想不出來他的理由是什麼。但一定是校內人員所為。無論是老師，還是學生，都有嫌疑。各位老師加緊詢問學生，我也會讓部分老師巡查整間學校。如果墓碑早就放在校內的話，絕對會留下蛛絲馬跡。」

梅雨越發的感到校長的焦急情緒。小老頭很不對勁兒，給人一種他彷彿在和死亡賽跑的感覺。散會後她代替語文老師去上第四堂課，期間也按照校長的要求詢問學生們知不知道操場上墓碑的來歷。

學生們人心惶惶，這些正直獵奇年齡的生物們不斷交頭接耳。

上午的課結束了，午餐和午休之後，下午的課程再次開始。一整個上午的盤查以及巡查工作沒有任何頭緒。校長沒在學校找到任何藏匿墓碑的地點，全校師生似乎也沒有可疑之人。

一切都在沉默與惶恐中陷入僵局。

而打破僵局的事件很快就到來了。

第三個墓碑，唐突的在所有人都還沒有注意到的時候，悄然出現在操場上。並排在操場中央的三個墓碑，猶如散發著惡意的三座噴泉，不斷地噴出讓人通體發冷的恐懼。

大多數學生都開始害怕了。老師們也大受打擊，開始討論是否應該報警。

就在這時，異變突生。

下午放學後，有一些膽大的學生跑去操場看那些離奇出現的墓碑。可離開後，發現有一個學生並沒有回家。他，不見了。

晚上學生家長打了一通又一通的電話也沒在朋友和同學家找到他，只能打給學校。學校當然沒什麼頭緒，就讓家長報警。

警方一路盤查，最後在學校的監視紀錄裡，找到了蛛絲馬跡。

真相令人震驚。那個叫做周文的同學，自始至終，都沒有離開過學校。

藝匣的下課時間是下午四點半，之後學生有社團活動的去社團活動室，沒有活動的回家部就回家去。周文是國三學生，他就是回家部。

這個男生平時就膽大，他和好幾個回家部的同學在離開前特意拐到操場上去看那些詭異的墓碑。儘管學校特意在墓碑旁拉了警戒線將其圈了起來，明令禁止學生過去。

為了找到運墓碑過來的犯人，校長還在操場設置了好幾臺監控器，三百六十度無死角的監視這些墓碑。

在監視器影像中警方和周文的家長發現，周文以及其他六個學生，總共七人，完全不在乎學校的禁令，偷偷摸摸地扯開警戒線鑽了進去。

其中一個墓碑擋住了監視器的視線，但仍舊能看到過了三分多鐘後，陸續有六個學生鑽出警戒線三三兩兩的結伴離開了。

對，只有六個人。

這六個學生沒有一個人注意到周文並未從三個墓碑之間出來。周文，就這麼消失在那一圈僅僅只有十幾平方公尺的警戒圈中，再也沒有出現過。

簡直是鬧鬼了！

無論是警方還是學校、甚至連周文的家長，看完監視器影像後都從脖子上爬起了一股寒意，所有人都感到陰寒刺骨。沒有任何人能解釋，周文，究竟去了哪裡。

梅雨嘆了口氣，臉上流露出無盡的恐懼，「至今已經一週了，操場上的墓碑仍舊以每天三個的速度在增殖。明明有監視器，但是沒人說得清楚那些墓碑是怎麼出現的。監視器的影像裡上一秒還空空蕩蕩的地方，下一秒就多了一塊墓碑。簡直像影片被剪輯過似的，太難以置信了。還好，除了周文外，再沒有學生靠近墓碑群。所以也沒有人再失蹤。」

「但周文，至今也沒有被警方找到。」

梅雨講完了她在實習學校的可怕經歷後，望向我，似乎想要我給她一個合理的解釋。

我低頭思索了片刻，沒有開口，反而轉頭望向嘉聯：「你似乎也遇到了怪事？」

「沒錯。」嘉聯用力點頭：「前幾天我以股東身份，參加藝匣樂園的萬聖節遊園會彩排，也遇到了無法解釋的事情。我覺得，無論是班長遇到的事件，還是在我身上發生的事。都和十多年前的那件事有關。」

「那件事？」我皺了皺眉頭，「你有什麼證據？」

「當然有！」嘉聯點頭，「因為陪我一起去的藝匣樂園工作人員，叫我千萬別關燈，特別是中國鬼屋館的燈！」

「別關燈？什麼意思？」我眉頭皺得更緊了。記憶翻騰了幾下，卻沒有找到「不關燈」和墓碑之間，有什麼關係，「你不像是個會聽別人話的傢伙，所以，你關燈了？」

嘉聯的臉色青了一下，很是驚惶，「對，我關燈了。」

「關燈後，能發生什麼事？」我看著他，很是好奇。

突然梅雨打斷了我倆的對話。

「小學時發生的事情，看來你真的記得不太清楚了。」梅雨嘆了口氣，她漂亮的眼睛落在嘉聯身上，示意他別再講下去，之後又將視線移回我臉上，「去我實習的學校先看看吧，說不定你能想起什麼。」

我撓了撓頭。其實自己已經想起了些東西，當初讀小學時，我被一個怪異的影子追殺。梅雨和嘉聯兩人就被牽連了進來。可之後的事情，自己無論怎麼回憶，都沒辦法回想起來。每次想要仔細想想，頭就發痛。

但有一點挺奇怪的，既然他們覺得我遺忘了某件很重要的事情，為什麼不直接告訴我，卻想讓我自己想起來。如果情況對他們而言真的很糟糕的話，這不是多此一舉，自己找死嗎？

「行，我跟你去藝匣私立學校瞅瞅。」我自己的麻煩也一團糟，所以並沒有多問。只是點點頭，伸手要服務生買單。

或許，他們有某些難處吧。

「我買單，我買單，誰都別跟我搶。」嘉聯的富二代屬性爆發了，拿了單子就準備付錢。

梅雨沒領情，「AA吧。」

最終我們各自付帳，起身出門。

「嘿喲。」我吃力地從沙發上坐起，用力將牢牢捆在背上的守護女向上挪了挪，想要讓她睡得舒服一些。

梅雨見我背上那包裹得嚴嚴實實的窈窕曲線，喉嚨動了動，最終還是忍不住好奇，問出了口：「你背上的是？」

「一言難盡。」我搖頭，不願多言。

老班長也不是個多話的人，帶著我跟嘉聯離開了。

坐上嘉聯的車，我們一行三人很快就來到了藝匣私立學校的校門口。由於是禮拜天，整間學校都死氣沉沉的，除了守門的守衛外，一個人也沒有。

這偌大的學校，彷彿隱藏在城市的陰影中，被陽光放棄。瀰漫在視線中的是一股令人毛骨悚然的冰冷。學校很大，但失去了活力，不知為何，第一眼看到它時，我甚至覺得這裡哪裡是什麼學校。它分明就是一口大棺材。

一口，蓋上了蓋子，分割了生死界限的棺材。

「覺不覺得這個學校像個棺材？」看來並不是我一個人這麼想。梅雨見我臉上的詫異，開口道：「我第一次來學校時，也這麼覺得。奇怪了，明明這間學校樓房錯落有致，教學大樓也刷得很漂亮，但就是給人一種充滿死氣的，像是一口棺材的錯覺。」

嘉聯撇撇嘴，「八成是設計學校的傢伙，本來就有某種惡趣味。」

「同感。」梅雨少有的認同了嘉聯的話，「別說廢話了，我們去操場吧。夜不語，你應該也很好奇，那些墓碑是從哪裡冒出來的。」

「確實有點興趣。」我點頭。

梅雨刷了教職員卡讓我們從側門進了學校。藝匣學院的分佈其實並沒有什麼特別，大門入口是一條寬闊的長方形廣場，廣場周圍種了兩排高大的松樹。廣場盡頭是辦公大樓。穿過辦公大樓向裡走，便是三棟教學大樓。

教學大樓從左到右分別是小學部，國中部，高中部。一棟樓一個部，整齊明顯、一目了然。

三棟教學大樓的後方，就是四百公尺的塑膠跑道。

當我們三人來到操場時，縱然是聽過梅雨的講述，但真的用眼睛看到後，我整個人也都驚訝得呆住了。

這是怎麼回事？為什麼，從靈魂深處，湧上了一股熟悉感？

我用力晃晃腦袋，將內心莫名的不安搖散。之後，開始認真地打量起眼前的操場。塑膠操場剛剛也提到過，並不大，是個標準的橢圓形。橘紅色的外圈跑道和草綠色的內圈形成了鮮明的對比。

最刺眼的，要數操場正中央那一群灰褐色的老舊墓碑。粗略的數了數，大約有二十一個之多。

下午的陽光從學校西側高聳的樓棟間灑落過來，並沒有直射在墓碑上。給人一種操場的大部分位置都被太陽拋棄的錯覺，陰森森的，滿溢驚人的壓抑感。

墓碑的排列擁擠，灰色和草綠色之間的顏色差，給人一種非常不協調的難受。

我皺了皺眉頭，示意兩人跟著我走上前，靠近了認真瞅瞅。

梅雨遲疑了一下，「最好不要離得太近，畢竟曾經有學生在墓碑中神秘失蹤過。」

我點點頭，「我們小心些，保持距離。」

三個人小心翼翼地靠近那些詭異的墓碑，校方對墓碑的存在顯然也非常緊張。周圍遍佈了大量的監視器來監視這些來歷不明的玩意兒。

我在距離最近的墓碑前三公尺處，停下腳步，奇怪的「咦」了一聲，「不對啊，這些墓碑有點古怪。」

「不古怪才奇怪呢。」嘉聯撇撇嘴。他才聽梅雨說過這所學校發生的怪事，可是聽說和親眼見到是兩回事。當他真的站在古墓碑前時，才發現這裡到底有多恐怖。密密麻麻的墓碑，哪怕明明是白天，都令他全身冷得發麻。

「你沒懂我的意思，我說的奇怪。是這些墓碑的本質很奇怪。」我搖搖頭，越是看清楚這些所謂的墓碑，越是倒抽一口冷氣。

「歷史老師說這些是清代的古墓碑。只是每一個墓碑上的文字都看不清楚，所以不好判斷究竟是清代什麼時候的。」梅雨說。

在我們眼前三公尺的地方，這些古怪的墓碑死寂的豎立著。埋在土裡一截，露出空氣一截。彷彿和郊遊路上偶然在荒野郊外的亂草叢中看到的古墓群沒什麼兩樣。但是這些墓碑一放在學校的操場上，立刻就不和諧到猙獰畢露。

就如同墓碑下埋藏的屍體，會隨時跑出來，拽住某個倒楣的學生拖入地底，變成它的替死鬼。哪怕這些墓碑僅僅只是墓碑而已，鬼知道墓碑下有沒有埋著別的東西。

別人看起來詭異，可在我眼裡，這些墓碑並沒什麼稜角，就是一塊長方形的石頭而已。其實相對於墓碑，背上揹著包裹得嚴嚴實實的守護女李夢月的我而言，恐怕會比墓碑更怪吧。

畢竟好幾個人從操場路過，看著墓碑也用怪異的眼神不斷瞅我背上的那一大坨。嘴裡還不停嘮叨著「怪人」之類的詞彙。

我沒理這些無聊傢伙，甚至來不及理會身旁的梅雨和嘉聯。自己的臉色隨著越看清墓碑，越是鐵青。

「夜不語，你發現了什麼？」梅雨顯然發現了我的異常。

我眉頭緊鎖，「這些，根本就不是墓碑。」

第五章　鬼遮眼

「不是墓碑？什麼意思啊？這些明明就是墓碑啊。」嘉聯被我說得混亂了。

我往前走了幾步，不顧梅雨的阻攔，用手摸到最近的一塊「墓碑」上。入手冰冷，石頭的材質並不太好，應該就是用普通石頭雕刻的。自己的手指滑過本來應該有字，但是卻字跡模糊的刻痕處，眉宇間的陰霾更深了。

梅雨大聲了些，「夜不語先生，請你一次把話說完。」

我這才回過神，咳嗽了幾下，「這些確實不是墓碑，而是石碑。妳看上面的字，是豎立刻著的，中間的字體雖然看不清楚，但是卻很大，佔了石碑體積的百分之七十以上。而且，石碑也不是什麼清代，恐怕是更古老的年代。」

嘉聯顯然沒聽懂，一臉茫然。

「這麼解釋吧，通常墓碑上的刻字大致分成三種內容。最中間用最大字體刻著墓主人的名字，約佔墓碑百分之四十五左右的大小。墓碑左側，會豎著刻主人死亡時間。墓碑右側上角，會有主人生前的基本資訊。右側下角，是墓主人的子孫後代的名字。」

我敲了敲眼前操場上的墓碑，「但是這些墓碑上，除了中間的極大的字體外，任何資訊統統都沒有。所以，這些東西，我百分之百肯定不是墓碑。」

「那這些碑是什麼？」梅雨和嘉聯同時驚訝道。

「由於看不清上面的文字，我不好說，需要進一步的調查。但是現在倒是有個基本的判斷。」我頓了頓，「聽過『泰山石敢當』嗎？」

「泰山石敢當？」梅雨偏頭想了想：「我記得以前旅遊的時候，經常在一些古路邊看到過些古老的石碑，上邊也有些字。難道咱們操場上的石碑，就是泰山石敢當？」

「就是類似的東西。」我點頭。

「等等，夜帥，你解釋清楚一點。泰山石敢當究竟是什麼？」嘉聯這個富二代顯然書讀得不多。

我指著石碑，「所謂泰山石敢當。模樣其實和這些東西一樣。總長度兩尺。其中約三尺三寸，也就是一百一十公分的部分寫了『泰山石敢當』五個字。剩下的九十公分埋入土中。古人認為泰山為天下浩然正氣之所在，所以古時候帝王將相多喜歡在泰山祭拜。而十字路口、三叉路這些地方很容易出現煞氣，被某些人奉為鬼道，即人鬼都走的路，所以一些蓋在十字路和三叉路附近的房子為了驅邪擋煞，在正對十字路三叉路的門口放上泰山石敢當，以壓制惡煞厲鬼。」

梅雨懂了，「所以只要在野外或者房子旁看到有『泰山石敢當』的古石碑，表示其實那裡原本是陰煞之地？」

「沒錯，豎立泰山石的位置，以前可能都不太乾淨。」我點頭。

嘉聯倒吸了一口涼氣，「那操場上突然冒出來的石碑，也是鎮邪魔用的？」

「或許，情況比那個更加糟糕。」我嘆了口氣，雖然看不清古碑上的字，但總有股不太妙的預感在心裡竄來竄去。彷彿就要發生大事。

「總之先讓你們的校長將整座操場都封起來，停止使用。免得再有學生失蹤。」我想了想，對梅雨道：「我先選幾個石碑，將上邊的字拓印下來，分析石碑上的字是不是每個都一樣，雕刻的到底是什麼。以及石碑的年分，也要找一家專業機構分析。」

說著我要梅雨找來許多柔軟的宣紙以及鉛筆，就近選了三個石碑將碑面的一切紋路都拓印下來，還用手機以不同的角度照了些照片。

花了一個多小時才結束。掏出手機看了看時間，已經下午接近五點了。我突然想起了一件事，「對了，老班長。這些石碑直到現在，也沒發現是怎麼出現的嗎？它的出現，有沒有固定的時段？」

「監視器也沒拍出石碑的出現方式。前一秒還沒有，下一秒就會突然豎立在本沒有的操場空地上。至於時間嘛。」梅雨回憶道：「據說石碑出現的時間段並沒規律，有可能今天會在九點一刻冒出來，明天要等到十一點過才會出現。唯一有一點能肯定的是，每天，都會多出三個來。」

梅雨說著指了指不遠處，「那三個石碑，應該就是今天冒出來的。」

「奇怪了。你們校長沒有試著讓人把石碑挖出來抬走？」我又問。

梅雨尷尬的一笑，「這我不清楚，畢竟自己只是個小小的實習教師。」

「沒道理啊，正常人如果突然看到自己的地盤上有墓碑，一定會要人將其扔出學校。難道那小老頭知道些內情？」我摸了摸下巴，「你們校長在哪兒，等下我去找他問問。」

「你，你怎麼找他問啊？人家可是校長，你一個路人……」梅雨先是吃了一驚，結果見我從外套口袋裡掏出了一大疊紅紅綠綠的證件，然後從中挑出了一張記者證，在空中晃了晃，得意的對她笑。

整個人直接懵了。

「夜帥，你哪來這麼多假證件？我操，做得跟真的一樣。」嘉聯從我手裡搶了一本「法務師」的證件過去，擺弄了幾下，嘖嘖稱奇，「我富二代都找不到門路做得這麼像，兄弟，要不送我一本？」

「你白癡啊，別讓人看到了！」我把楊俊飛的偵探社特意幫自己弄來的證件搶回來，順便敲了下這白癡的腦袋：「我工作特殊，有時候要用到的證件挺多的。」

至於是什麼工作需要，什麼特殊職業。自己沒有多說，梅雨和嘉聯不笨，自然也沒多問。不過顯然兩個人已經朝最壞的方向想去了。

「走吧，既然今天的三塊碑都冒出來了，我們留在這兒也沒多大的意思。」本來自己想要在這裡親眼看看石碑是怎麼離奇出現的，但今天大概是沒機會了。我決定先冒充記者去採訪藝匣私立學校的校長，看他究竟有什麼打算。畢竟從梅雨的描述裡，這隻老狐狸彷彿知道些內情。

正要轉身離去，忽然嘉聯叫住了我，「夜帥，你不是說要從石碑上敲一塊下來找人鑑定年代嗎？」

「還是不要了。」我猶豫了一下，最後還是決定別冒險，「畢竟在人家地盤上，那位校長都沒把石碑請走，甚至不准人接近。石碑的來源比可能比我想的更加棘手，在我沒弄明白石碑上的字之前，我覺得還是謹慎一些好。」

嘉聯沉默了一下，之後這二貨臉色不好看了，「我操，夜兄你咋不早說。我這富二代很少親手做事情，這次難得積極了一回……」

我和梅雨立刻轉頭過去，「你幹了什麼？」

只見嘉聯尷尬的一邊傻笑一邊撓撓頭，右手還拽著一塊拳頭大小的三角形石頭，「我剛剛想幫幫你嘛，就用自己的瑞士軍刀輕輕割了割這塊石碑。我操，沒想到它那麼脆弱，一割就割了好大一塊下來。」

梅雨一頭黑線，有些不知所措地看向我。

「不管了，走，快點離開。」周圍的氣氛不知何時，變得無比壓抑。我心中不好的預感敲著刺痛心臟的警鐘，自己不由得打了幾個冷顫。自己以極快的速度將守護女的身體往上移了移方便開溜，同時伸手拽著梅雨，拔腿就往遠處跑。

「夜兄，等等我！」嘉聯見我揹著一美女拽著一美女，速度還快得驚人，頓感不妙。大叫著跟我一起逃。

他喊叫的話音還未落完，原本只是昏暗的天空，突然就暗淡下來。

越來越暗，越是往前跑，太陽彷彿就落得越快。我只跑了十幾步，十幾秒前還乾乾淨淨的天空不見了。操場上什麼也看不到了，我們如同墜入暗無天色的異世界。

「停！」我大喊一聲，沒再繼續跑下去。

四周的光線已經完全消失，我無法看到任何標的物，甚至看不到任何景物。哪怕記憶裡還留著失去光明前的世界模樣，但我卻猶豫了，不敢憑著記憶往前走。

自己用力拽著的梅雨似乎很害怕，她的手心冰冷，汗流不止。老班長怕得發抖，

「怎麼了，怎麼突然天就黑了？」

「妳見過城市的天空黑得那麼快？城市的黑夜，伸手不見五指？」我沉聲喊道：

「嘉聯？」

「我在這兒，在這兒！」耳畔不遠處傳來嘉聯緊張的聲音。

呼，還好。都沒有走散。

「過來，大家手牽手。」我吩咐了一聲，「死都不要鬆開。」

極盡黑暗的世界，哪怕是三個人手牽著手，也孤獨無比。目不視物的難受感充滿全身，梅雨和嘉聯想要說話，但是兩人都顫抖地厲害，就連聲帶也驚顫得失去了發音

能力。

我也有些慌張，背上守護女的體溫傳遞過來，讓自己很快冷靜下去。我心中湧上一股溫柔。

自己背上揹著一個用盡生命守護我的女孩。我不久前才大言不慚的說要保護她，怎麼能只是在目不視物的地方，就自己先盡失冷靜、自亂陣腳？

眼睛是人類最關鍵的知覺器官之一，可是沒有光，就看不到東西。算了，先不追究原因，還是找點光線出來吧。

「手機，把手機打開。」我喊道。最初自己確實有點慌亂。但現在又不是原始社會，誰身上不帶手機的？

三個人一邊牽手，一邊掏出手機。按下電源鍵。

我操，手機居然一點光，也沒發出來。

該死！這是怎麼回事？

「沒電了？」嘉聯搖晃著發不出光的手機，「不對啊，剛剛還有百分之七十幾的電量。」

我在黑暗中瞇了瞇眼，按下手機的Home鍵。指紋解鎖的「喀嗒」聲隨之響起，再多按一會兒，語音助理的聲音也響了起來。

「請問我能為您做什麼？」該死的智慧助理那冷冰冰的女性聲音，在這無光的世界顯得更加陰冷。就連聽到這段話，都覺得是遠在天邊的怪物在低語。

梅雨抖了一下，「手機能發出聲音？」

「沒錯，手機根本就沒有壞。只是螢幕不亮了而已。」我冷靜分析道：「有兩種可能。第一，真的只是手機螢幕壞了。但是這種可能性最低，不可能我們三個人的手機螢幕都同時壞掉。那麼就只剩下第二種可能了。」

我的視線在無光的世界掃過，還是什麼也沒辦法看到，「可能是我們的眼睛出了問題，又或者，我們所處的環境，因為某種原因，被吸收了所有的光線。咦，你們兩個怎麼了，怎麼發抖發得那麼厲害？」

隨著我的解釋，梅雨和嘉聯渾身不停地顫抖。抖動的幅度完全暴露了他們的恐懼感在不停地增加。這倆個傢伙，怎麼被嚇得這麼厲害？

「關燈了！是關燈了！」嘉聯驚恐地喊道。

梅雨也用發抖的聲音說：「確實是被關燈了，難道，是那個東西來了？」

「哪個東西？你們究竟想起了什麼？」我吼了一聲。

「不能停留在原地。絕對不能。我們應該馬上去找光源。」嘉聯越說越怕，拽著我和梅雨往前走。

我斬釘截鐵的大聲問：「梅雨，給我解釋清楚。」

「你都把那段經歷忘個一乾二淨，我怎麼跟你解釋。」梅雨拚命搖頭，她也在拽著我離開原地。

我又怕又無奈，聽他們的口吻，好像自己是故意失去那段記憶似的。彷彿我失去記憶的事簡直自私自利、罪惡不赦。可這兩人偏偏不準備原原本本的告訴我。

這太讓我頭痛了。

「你們冷靜一下。如何找光源？我們胡亂找也沒用啊。」我用力拉住了朝著不同方向準備胡亂逃的梅雨和嘉聯。

自己不是個胡思亂想的人，既然兩人不告訴我，我失去的記憶究竟是什麼。那麼，他們肯定有自己的理由。當務之急，就是搞清楚梅雨口中說的，什麼要來了！以及，為什麼要尋找光源。

「那我們該怎麼辦？」梅雨失去了冷靜。

「我腦袋裡還記得操場的大略位置。剛剛回憶了一下，我們是朝著操場出口的方向跑，之後又轉了兩圈。但是我的左腿一直刻意用肢體定位法，朝著太陽的對面，也就是東邊方向。」我緊了緊抓著梅雨的那隻手，讓她安心些。

「所以，如果我們還在操場的話。就跟著我，順著我的記憶朝教學大樓走。」

嘉聯仍在怕，「可如果我們已經不在藝匣私立的操場了怎麼辦？哪有學校的操場，會沒有光線的？誰知道我們是不是已經死了，被扔進了地獄裡。那些恐怖小說和恐怖電影不是經常這麼演嗎？」

「我可沒死。」背上的守護女，玲瓏的曲線和胸前的豐滿柔軟緊緊地擠壓著我，溫暖著我。死人可感覺不到溫暖，「而且，我也不覺得我們還有別的選擇。」

梅雨和嘉聯沉默了片刻，最終同意了我的提議。

在這暗無邊際的世界，我們三人一步一步小心翼翼地摸索著朝原本教學大樓的位置慢吞吞的移動。

就這麼走了十分多鐘，突然，一陣古怪的聲音，從背後傳了過來！

究竟什麼東西，在靠近我們？

一股不寒而慄的感覺從腳底爬到了後脊背，脖子涼颼颼的，身體皮膚上每一根寒毛都豎了起來。眼睛看不到的未知，以及不可測的怪異聲音，越靠越近。

我們三人的心都提到了嗓子眼，甚至不由自主地湊在一起抱團抵禦那難以訴說的恐懼。

「誰在我們後面？」嘉聯悶聲悶氣的壓低聲音，他希望用發出聲音來令自己好受點。

「噓！」梅雨立刻用力捂住了他的嘴，「別說話。你沒聽見那聲音，不太對勁兒。」

「哪裡不對勁兒？」嘉聯問。

我低沉道：「那不是人類的腳步聲，不，不如說，那根本就不是人類能發出來的聲音。」

那聲音極為怪異，像是沒有骨頭的蛇在爬，又像是一灘骯髒的污水在平坦的地上流淌。總之，這絕對不可能是人類能發出的聲音。但是，那東西在接近我們，有意識的在接近我們。

從這裡看，接近我們的東西，並不像沒有意識。而且極有可能，在這暗無天日的無光環境裡，可以看得到我們三人。

「跑！它看得到我們。」我沉聲喊道。在那東西接近到大約十公尺時，我終於忍不住了。眼睛看不到東西就會帶來非常多的麻煩，最直觀的感受就是，無法辨識敵友。既然無法分辨接近生物是敵對還是友善，那麼唯一能做的，便是躲避，並且拉開距離。

嘉聯哆嗦了一下，「跑，對對，逃跑最正確。」

這個富二代手撈了一下，結果什麼都沒摸到。我背上揹著守護女，一手拽著老班長梅雨早已經邁開腿往前先跑了。

嘉聯罵了一聲，連忙追著我們的腳步聲趕緊跑過去。

那個可以在黑暗中視物的生物，依然以自己獨有的噁心爬行聲轉向朝我們靠近。無論我們怎麼跑，都沒辦法拉開距離。

驚悚和恐懼感在眼睛失效後，越發的放大。我們三人越跑越害怕，就這麼不知道跑了多久，大家都氣喘吁吁的，再也跑不動了。

「不行了，不行了，要死了。」嘉聯大聲喘息。

身旁的梅雨也喘個不停。我並不善於運動，所以肺部早就要燃燒起來。可就算那樣，黑暗中的未知生物，依舊在緩緩靠近我們。執著的令我想罵髒話。

越來越近了，它離我們越來越近了。從十公尺、到八公尺、到五公尺，最後只剩下了三公尺。我們坐以待斃，手足無措，既沒有再跑下去的力量，也沒有任何其他的辦法。人類進化了幾百萬年，實在太過依賴眼球。一旦眼睛突然失明，根本就難以適應，就連思維也因為五感缺少了一感而蒙上了一層束縛。

就在那東西離我們只剩一公尺，我甚至能感覺到令人毛骨悚然的危險已經近在咫尺時。

突然，一股光，從不遠處的地方，射了過來。

第六章 無盡黑暗

錦瑟無端五十弦，一弦一柱思華年。
此情可待成追憶，只是當時已惘然。

不知為什麼，我十二歲那年，最喜歡的就是李商隱晚年寫的這首〈錦瑟〉。而〈錦瑟〉中最喜歡的，就是這兩句。

對於十二歲的我而言，這兩句太過於隱晦難懂，也太過於艱澀。但偏偏，我就是喜歡得不能自拔。

也就是十二歲那年，不知為何陷入昏迷的我，被抬回了位於重疊山巒中的夜族老家。

老爸很焦急，據說當時我失蹤過一段時間，被發現時已經昏迷。到醫院檢查也沒查出任何端倪，生命體徵正常，心跳正常。就是大腦沒有了活動，似乎已經腦死變成了植物人。

醫院的醫生紛紛勸爸爸，放手讓我離開這個世界。

實在沒有辦法的老爸，最後終究沒有放棄我。他帶我，回到了夜家。

之後的事情，也是斷斷續續從老爸嘴裡聽來的。其餘的，也僅僅只剩下零散的記憶。我把這些記憶和聽來的事情，拼湊成了不算完整的拼圖。

據說昏迷的我剛回夜家的時候，全村所有人都嚇到了。

因為本來白白淨淨的自己，一被抬入夜村的村界，皮膚就開始通體發黑。一股股的黑氣瀰漫在我周圍，彷彿每一個毛孔，都在散發出不祥的氣息。

就連我爺爺，夜家族長都看呆了。

「不能把他抬進村。」爺爺一咬牙，將我和老爸擋在了夜村邊界上。

「為什麼？」當時的夜村公路還不通，要進來只能靠走的。僅靠著雙腳揹著我走了三天三夜山路的老爸，早已經精疲力盡。不過對上阻攔自己的父親，他活像是護犢子的老母雞，後脖子的毛都豎了起來。

「我從來沒有見過這種情況。太危險了。哪有人全身冒黑氣的，而且一進村就冒煙。太可怕了，根本就是不祥的預兆。我真讓這崽子進去，恐怕會給全村帶來災禍。」爺爺作為族長，肩負著全村所有人的性命，以及千年的延續，毫不含糊，一臉大義滅親的模樣。

老爸冷哼了一聲，「當年你也是這樣將我們一家三口趕走的。現在你親孫子都要死了，怎麼，又要見死不救？」

「我……」爺爺喉嚨哽了一下，抽動著，最終還是擺擺手：「我是族長……」

「是，你是族長。你一輩子都是族長。我媽跟了你一輩子，保護了你一輩子。你幾個兒子因為你是族長受盡苦難，沒有一個還願意留在夜家這鬼地方。你就不想想為什麼？夜家人丁單薄，我兒子要死了，夜家嫡系也差不多要斷了。你真的忍心？」

老爸狠狠瞪著自己的父親。

爺爺看著被放在冷冰地上的我，臉上痛苦的神色猶豫再三，仍舊還是擺手，「夜小子，絕對不能進去。他媽本來就古怪，再加上他也不是什麼省油的燈。誰知道進了夜村後，會發生什麼怪事。」

一個中年人和一個老頭就這麼在夜村的邊界吵來罵去，周圍一圈夜村三族的人在看熱鬧。昏迷的我完全被遺忘了。

深入脊髓的痛苦，是十二歲至今，我最刻骨銘心的記憶。我懷疑當初就是因為太痛苦了，那股刺破靈魂的痛苦淹沒覆蓋了我的大腦，才導致我對那段記憶保護性的遺忘。痛苦這東西，本就不是什麼值得回味的事情。忘記了也好。

但唯獨有一件事，我永遠也忘不了。

昏迷中的我，不斷被痛苦侵蝕。就在沉淪於萬丈深淵中不可自拔，不停地往深淵沉陷的時候。一雙冰冷，卻又彷彿能溫暖我靈魂的柔軟，將我的手牢牢地握住了。

「族長，你看！」三叔本來在勸架，但是那場親子間的互相傷害完全不是他能插嘴的。所以三叔很識趣地迅速放棄了，他本想來摸摸我，結果一低頭，就看到了驚訝的一幕。

只見守護女李夢月跨過了村界，蹲在我身旁。一襲白衣的她仍舊散發著冰冷，她水靈靈的大眼睛中沒有一絲感情色彩，就那樣一眨不眨的，絕美的視線中閃過一絲迷惑。

李夢月伸出小手，試探著用手指觸摸了一下我的手。

之後，彷彿水到渠成、又彷彿經歷了千年萬年的輪迴、彷彿經過了無限時空的等待以及尋找，終於找到了目標般。

守護女一把將我的手牢牢握住，似乎再也不想放開。

我和她的小手緊緊地握著，就那麼握著，死死的。

「族長，族長！」夜三叔驚訝的聲音蓋住了旁邊兩個父子的大聲爭吵。

爺爺氣惱道：「幹嘛，別攔著我教訓自己不孝的兒……」

「兒子」兩個字猶然還掛在嘴邊沒有發音完，爺爺、老爸，甚至全村所有圍觀的人都呆住了。他們彷彿石化般看著守護女緊緊拽著我的手，她冰徹刺骨的寒冷氣息彷彿包裹著我。兩個人的氣質，高度重疊在一起，恍惚間變成了一個人似的。

氣氛，頓時古怪起來。

「守護女，怎麼可能走得出夜村。」爺爺呆若木雞。夜族幾千年的歷史中，從未有過守護女走出夜村的記載。守護女有著驚人的力量，一直守護著夜村的安全。但是她們無法離開夜村的村界，至死，都會留在村中，無法踏出一步。

但是作為守護女的李夢月，卻離開了夜村，踏出了村界。

這簡直是太難以置信了！

「族長，你看他們的手。」夜老四呆呆地指著李夢月和我，「他們居然手牽著手。李夢月不是一直不跟任何人接觸嗎？她為什麼要抓住夜小子的手？難道……」

夜家其他人也為眼前的情況爭論不休，一時間所有人都吵吵嚷嚷起來。但是內心中，一個真實的想法，也逐漸在所有人的腦海中浮現。

老爸扣了扣腦袋，「我看這小姑娘抓著我兒子的手後，他沒那麼難受了，看起來還挺舒服的。這誰家小姑娘啊，挺漂亮水靈的。謝了啊。」

這二貨想要伸手摸摸李夢月的小腦袋表示感謝。守護女一轉頭，通體的寒意瞬間猶如精神攻擊般，襲擊了老爸。爸爸嚇得狠狠向後退了兩步，尷尬地笑著：「好可怕。小小年紀就這麼可怕。到底誰家……」

突然他像是想到了什麼，臉色都變了，「她該不會是，這一代的夜家的守護女吧？」

夜三叔沉默地點了點頭。

老爸渾身抖了幾下，苦笑，只剩下了苦笑。

爺爺也在渾身發抖，就連白鬍子也在抖個不停。他看著仍舊昏迷的我和李夢月，手一揮，「算了，把這小傢伙抬進去吧。」

說完，心裡的大石頭終於落地了。哪個爺爺不疼愛孫兒的，但是作為一族之長，只能以一個家族的興亡為依歸。有的時候，只能放棄，有所取捨。哪怕這將會是多麼痛苦的抉擇。

說來也怪，自從李夢月抓住我的手之後，我就沒那麼難受了。臉色也回復了一些。通體的晦暗開始消散，毛孔中也沒再冒出黑色的不祥氣息。

守護女就那麼一直抓著我，一直抓著，死都不願放開。任何靠近我和她的人，都被天然的排斥在一公尺之外。哪怕夜村人想要來抬我，也被守護女通體的冰冷給阻攔。

她看了爺爺一眼，之後默不作聲地將我單手提起來，緊緊抱在懷中。一個比我矮小瘦小的單薄小姑娘，將高了半個頭的我抱在懷裡，如同小雞般輕巧地抱著走。這情景怎麼看怎麼怪異。

在這怪異中，夜村所有人都啞了，彷彿同時失去了發音能力。不知道該說什麼話。最近幾天發生的事情，完全顛覆了整個夜村，甚至爺爺這個讀遍夜家古典的人。

爺爺搜刮腦中的典籍，搖著腦袋，完全找不出先例。能夠自己走出村子的守護女；不讓任何人接近的守護女；自己找到該守護之人的守護女。

這完全難以理解，無法解讀。

當晚。夜家開了一個長長的會議，內容保密。甚至至今我也不清楚。總之我就是那時候開始變成夜家的下任族長。守護女當晚，就揹著我離開了村子，進入除了守護女外沒有任何人能夠進入的夜家禁地。

幾天後，我們才出來。我的病全好了，恢復了清醒的自己，完全不記得夜家禁地中到底有什麼，我身上發生過什麼事。

李夢月，就那麼成了我的守護女。我們打破了族規，我離開夜村，但李夢月卻留了下來，她必須等到十八歲，才能跟我離去。

其實爺爺想要我一直留在夜村，但是基於種種莫名其妙的理由，最終還是讓我離開了。

也就是從我清醒的那天起，我明白了一件事。

李夢月不是夜家的守護女，從來不是。她，只是我，夜不語一個人的守護女。從來都是。她只屬於我，屬於夜不語。

從來都是，只為保護我，而存在！

沒有理由，從她第一次踏入夜家禁地。這一切，就在冥冥中註定了。因為她不屬於夜家，所以她能打破夜族的規矩，離開夜族的邊界。

因為她只屬於我，所以我們的命連在了一起。活會一起活，死會一起死。哪怕這麼多年來，我一直都排斥著這種命運。

但是命運，本就不是人力能夠抗衡的。

一直以來，都是我的守護女在守護著我。這一次，輪到我來，守護她了！

□

黑暗中，當那道光在暗無天日的無盡黑色中唐突地射過來時，我突然顫抖了一下。因為自己借著那不知從哪裡冒出來的光，終於看到了追著我們的腳步聲，究竟是什麼了。

那是一道黑影。

模模糊糊的影子在不算亮的燈光裡一閃而逝。不像是人的影子，甚至，由於在我的視網膜上暴露的時間太短，我根本無法描述這個影子究竟是什麼玩意兒。

被光照射的影子彷彿被炸彈擊中了似的，猛地縮回黑暗中。

我、嘉聯和梅雨三人頓時嚇得一頭冷汗。因為自己真真切切地看到，那個影子伸出邪惡恐怖的、長長的手爪，那酷似手的爪子，指甲足足有一公尺多。

指甲的前端，幾乎快要碰到嘉聯的身體了。

我抖了抖，視線拚命地捕捉著黑影逃離的位置。沒有光照射的地方，黑色依然黑得如同重墨，濃得化不開。在那黑色裡，什麼都看不清楚。鬼才知道那團黑影躲藏在什麼地方，惡毒的窺視著我們三人，尋找著下一次襲擊的機會。

「光是從哪裡來的？」梅雨轉過腦袋，朝光明來襲的地方反著望去。

光亮來自於十幾公尺外的背後，黑暗與光明交界的光圈哪怕再微弱，由於絕對黑暗的影響下，也顯得無比刺眼。

但是光在發抖。那抖動極有規律，顯然，發光的物體或許是由人手持著。

「誰在那兒？」我開口喊了一聲。

光的對面沉默了幾秒，才有一個清冷的女性聲音傳過來，「你是誰？」

我沒回答這個問題。

她在黑暗中，我們在光明裡。由於逆光，她也一時間無法看清我們。一時間，我們在這極度詭異的地方陷入了「黑暗森林」原則。兩方人都不清楚對方對自己究竟有沒有威脅，甚至不敢肯定，說著話的對方，究竟是不是人類。

「要不，我們一起靠近彼此？」就這麼無聲的對峙了一會兒，對面一個男性聲音說道。

看來，對方不止一個人。

本來還害怕不已的嘉聯聽到這聲音，立刻來了精神：「咦，嘉榮？」

「哥？」對面的男性也激動了，「哥，你怎麼在這鬼地方？」

「鬼才搞得清楚。我也是莫名其妙呢。」嘉聯鬱悶道：「倒是你在這幹什麼？」

他一邊說，一邊準備往前走。我一把拽住了他。

對面疑似嘉聯的弟弟嘉榮也想要走過來，同樣也被人一把拉住了，「等一等，謹防有詐。你哥怎麼可能莫名其妙的出現在同一個地方。」

這個女孩的聲音軟軟冷冷的，但是分析得非常精準。跟我想到了一塊兒去。

兄弟兩個被兩邊攔住，一時間犯了難。

「對面的美女，妳不信任我們，我們也同樣不信任你們。」我示意嘉聯等一等，朝對面大聲說：「看來，有必要想個辦法，來互相證明我們確實對對方無害。」

清冷的女孩沒有遲疑，「沒錯。」

「妳手裡拿著電筒嗎？」我問：「我試過手機，打不開。你們的電筒為什麼可以在這片黑暗中使用？」

女孩沒回答。這妞小心謹慎得很。

我「切」了一聲，換了個角度，「黑暗中有怪物，你們要小心。」

「我知道，我們被襲擊過。」女孩淡淡地說：「誰知道你們是不是就是怪物。」

「美女，我們真不是。」嘉聯苦笑。

女孩撇撇嘴，不以為然，「你說不是就不是?空口說白話。」

「顯然，嘉聯和嘉榮是兩兄弟。也是我們雙方唯一互相認識的熟人，既然是熟人，那麼證實對方的身分，並不是什麼問題。」我提議道：「那怪物怕光。我們讓他們走進光圈中，再互相提一些彼此之間才知道的問題。如果雙方都認可了，我們再兩支隊伍合在一起互相照顧，想辦法逃離這兒？妳認為這個方法可行嗎？」

對面女孩思忖了片刻，點頭：「很好。嘉榮，你去確定那是不是你哥。」

我轉頭，「嘉聯，你去看看那是不是真是你弟。」

兄弟倆在我們的驅使下，一個人逆著光圈往前走，一個人從光圈背後的黑暗裡準備走入光圈中。

一邊走，嘉聯一邊問自己的弟弟，「嘉榮，你還記得你最後一次尿褲子，是什麼時候嗎？」

「哥，你問這個幹嘛？」嘉榮尷尬道。

「既然要證明，那就要問隱私嘛。」嘉聯的惡趣味慢慢浮現。

嘉榮偷偷朝身旁的女孩瞥了一眼，「初、初一。」

「哈哈，果然是你的風格。」嘉聯笑慘了，「咱們媽的生日？」

「忘了。」

嘉聯撓撓頭，「媽的，我也忘了。換一個，咱們……」

「哥不要老是你問我。我也有問題要問你。你記不記得，你小時候用皮帶把我打暈過，還留了傷口。那傷口在哪兒？」嘉榮問。

「眉毛上。」嘉聯毫不猶豫的回答，「左邊眉毛上。」

之後，嘉榮和嘉聯兩兄弟又互相問了一些別人不可能知道的隱私，兩個人都在不停的接近。就在嘉聯要走到光圈的邊緣，而嘉榮準備走進光圈時，兩個人完全確定了他們的關係。

「老大，老班長，他確實是我弟弟。」嘉聯轉頭對我和梅雨說。

而嘉榮也回頭對那邊的女孩說道：「夏彤，那傢伙肯定是我哥，放心，沒問題了。我們終於找到別的活人了。」

梅雨看了我一眼，我點點頭，拉著她，依舊揹著守護女，慢慢朝光圈中間走去，準備兩夥人會合。

對面叫夏彤的女孩聽了同伴的確認，似乎放心了些，也往前挪動。就在他們要走進光圈裡，離我們就剩下光與暗的交界那近在咫尺的半公尺多時，我突然，停住了腳步。

「嘉榮，你還記得我嗎？」我突然問對面的嘉榮。

嘉榮愣了愣，「你是誰？」

「我叫夜不語，你哥哥的小學同學。我還去過你家裡喔。」我神秘的一笑。

嘉榮回憶了片刻，吃力的搖頭，「不記得了。」

我問近在咫尺的嘉聯，「你還記得我去你家時，你弟弟在幹嘛嗎？」

「他在玩遊戲，背對著你呢。」嘉聯不假思索的回答。

我點點頭，手一揮，「能在這裡遇見你弟弟，真幸運。」

「是呢。」嘉聯贊同。

我嘿嘿一笑，又往前走了幾步。等到兩夥人已經足夠接近的時候，突然暴起，一腳朝嘉聯踢了過去。

嘉聯傻了，他被我重重一踢，踢進了黑暗中。

梅雨驚恐地看著我，就像看到了怪物。對面的嘉榮和夏彤也呆住了，不明白究竟發生了什麼事。

「還傻站著幹嘛，馬上朝右邊逃。往右直線移動三公尺，只能多，不能少。否則，你們肯定會沒命。」我不由分說的拉著梅雨，拚命地往自己將嘉聯踢倒的方向跑。

被踢入黑暗的嘉聯默不作聲地陷入了黑暗裡。沒過多久，黑暗中傳來了他的喊叫，「夜不語，我草你老母，你踢我幹嘛。你想要害死我？大家，大家們，千萬不要聽他的。那個傢伙是怪物變的，他是怪物。你們要是真離開了光圈，會被他襲擊，會被他殺掉。」

嘉榮驚恐地看著我，他想往後退。

夏彤一愣之後，踢了嘉榮一腳，「逃！」

說完就跟著我，按照我的吩咐往前逃了三公尺。

當我們四人碰頭後，黑暗中嘉聯的咒罵變了，音調拉長、變了形狀、變得模糊尖銳，甚至成了撕心裂肺的嘶吼。人類的聲音失蹤了，只剩下白噪音充斥在耳朵中，刺激得耳道發瘋。怪物似乎受傷了，尖銳的聲音越來越響。

「這是怎麼回事？我哥，我哥才是怪物？」嘉榮嚇出了一頭冷汗，驚魂未定。如果自己真的和那個所謂的哥哥匯合了，誰知道會發生什麼可怕的事情。

恐怖的白噪音圍繞著我們轉了幾圈後，才逐漸消退。不知道那化身為嘉聯的怪物，又跑去哪裡窺視著我們。

梅雨怕到不行，她用發抖的聲音問：「剛剛究竟是發生了什麼？嘉聯怎麼是怪物？你不是說怪物怕光嗎？為什麼你要把它踢進黑暗中，又要我們捨棄光亮處，跑進黑暗裡？」

我轉頭看了老班長一眼，「妳不覺得奇怪嗎？我們明明跑進了黑暗裡，為什麼妳能看得清楚我？」

梅雨「啊」了一聲，她傻呆呆地看著我的臉，又遲疑地抬起手，看了看自己的雙手，「對啊，為什麼我明明就在黑暗中，卻什麼都看得清清楚楚。」

話音剛落，梅雨整個人的腦袋都陷入了一片眩暈裡。眩暈過後，她才驚訝的發現，自己站在剛才的光圈中，四周，仍舊是無盡的黑暗。

「大腦很神奇對吧，一旦意識到了，大腦就會自己做出調整。把幻覺調整回正常的視覺。」我笑了笑，抬頭把視線落在半公尺遠的嘉榮和夏彤身上。

嘉榮我小學的時候確實見過，他和他哥哥嘉聯有些像，都渾身洋溢著知識缺乏的粗獷富二代模樣。說話冰冰冷冷的夏彤，倒是出乎我意料的漂亮。她的人和氣質差不多，戴著的那副眼鏡不但沒有破壞她整體的美感，甚至還平添了一道風情，完美的勾勒出了她的智商。

這妞絕對不笨，智商也不低。否則也不會在受到怪物的迷惑時，毫不猶豫的做出判斷，跟緊我逃了過來。

「光，折射了。」夏彤也在打量我，隨後移開視線環顧四周，用清雅的聲音說了一句旁人聽來很難聽懂的話。

我點頭，「確實，光莫名其妙的折射了。」

「你什麼時候發現的？」夏彤問。

「在我發現嘉聯有問題的時候。」我回答。

女孩眼睛一亮，「你什麼時候發現你同伴有問題的？」

「在嘉聯和嘉榮兩兄弟互相提問的時候。」我淡淡嘆了一口氣。

「你在問嘉榮有沒有見過自己的時候，就在問題裡設了陷阱？」夏彤問。

我點頭，「沒錯。嘉聯一共問了嘉榮七個問題，嘉榮每一次都認真回答了。而嘉榮問了嘉聯三個問題，其中兩個嘉聯都回答得看似準確，但其實很模糊，讓我們自己的大腦去猜正確答案。唯有一個問題，他回答得非常精準。」

「嘉榮問他傷口在哪兒？」夏彤微微一愣。

我繼續點頭，「就是這問題，讓它暴露了。雖然嘉聯背對著我，但是我卻看到他的後腦勺動了動，動作非常細微。但是明顯是在觀察。你要知道，這個世界只要是位於黑暗的地方，那麼無論離光明多近，都看不清任何東西。但是嘉聯卻看清了，甚至看清了嘉榮左邊眉毛上常人在陽光下都不一定看得清的傷口。」

「這也是他唯一準確回答的問題。」我繼續回答，「就是這個將它暴露了。我隨之也察覺，或許我們的大腦由於某種原因在欺騙我們，光源在你手裡，但是光並沒有在這黑暗中走直線。說不定光，被折射了。我們看似在光明裡，其實，不知何時，早已陷入了黑暗，陷入了危險裡。」

驕傲的夏彤也驚嘆了，「你只憑這一點就察覺到了。可你，怎麼算出光位移到了哪兒？」

「還記得我問嘉榮和嘉聯的問題嗎？」我撇撇嘴，「最初我以為化為嘉聯的怪物會讀心術。最後才發現，它沒那麼厲害的技能。只是會影響人類的大腦而已。最有可能的是影響到大腦的電磁場。所以我透過問問題，觀察它，得到了關於距離的答案。」

夏彤還要問什麼，梅雨打斷了我們，「好了，學術話題今後再討論。小夜，如果嘉聯是怪物的話，真正的嘉聯去了哪兒？難道我一直抓著的都是怪物的手？可它為什麼一直沒襲擊我們？」

我思索了一下，「我覺得一直到我們碰到嘉榮和夏彤之前，嘉聯都是真的嘉聯。直到我們聽到腳步聲不斷靠近，夏彤用手電筒照射我們的瞬間，嘉聯才被怪物抓走，變成了假的。」

其實，還有許多問題，我根本就不敢說出口，以免嚇到所有人。

光確實折射了，在這黑暗中，折射得異常詭異。從不遠處夏彤手中的電筒射出來的光，直直的射了不足半公尺後，就猛地轉彎朝右，之後轉了一圈，將我們身旁距離三公尺遠的空間照亮。

那光景，只有身處其中的人才描述得清楚，筆墨描寫根本難以敘述。

第七章 無光之所

無盡的黑暗世界，讓身在光圈中的人很難理解，也異常恐懼。但是能夠比較肯定的是，黑暗中有某種怪物，那怪物能夠影響到光線，讓人類看到幻覺。它能扭曲光線，裝作熟人的模樣。

還有最重要的一點，我、梅雨以及失蹤的嘉聯進入這黑暗空間尚且莫名其妙，但至少原由還是有的。那麼身處光圈中的另外兩個人——夏彤和嘉榮，又是怎麼回事？

這一點，令我非常在意。

我看了一眼夏彤手中緊緊握著的手電筒。那把手電筒骯髒、斑駁，看起來彷彿被埋入土中十多年、外殼早已腐蝕。可就是這麼一把本應該不能使用的手電筒，偏偏射出了一道光芒，將黑暗世界照亮，成了拯救我們性命，抵禦黑暗中那些怪物侵襲的最後一道屏障。

「先自我介紹一下吧。」我在夏彤和嘉榮兩人臉上掃了一眼，隱密地觀察著他們的表情，「我叫夜不語，這位美女叫梅雨，我們是小學同學。現在我只知道你們的名字，以及嘉榮是嘉聯的弟弟。我想大家有必要資源分享。」

「沒錯。」對面兩人中，明顯夏彤是主導者。她摸了摸自己的眼鏡，條理清晰地說：「我和嘉榮是大學同學。我們之所以突然進了這個異常空間，最初是因為參加了藝匣樂園的萬聖節狂歡派對。之後因為進了某個鬼屋，迷路了，再也找不到路出來。莫名其妙就進了這無光的世界。你們怎麼進來的？」

我皺了皺眉，指著梅雨，「我的老同學在藝匣私立學校實習，最近他們學校操場出現了怪事，每天都會出現一些詭異的石碑。她請我去調查，結果我們迷失在石碑群中，進了這個空間裡。」

說到這兒，我頓了頓：「你們是萬聖節晚上進來的？」

「沒錯，怎麼了？」夏彤點頭。

我眉頭皺得更深了，「萬聖節是十月三十一日，可今天已經十一月二日了。你們足足在這兒待了兩天兩夜？」

夏彤的臉抽了抽，語氣也頓了頓，最終輕描淡寫的嘆了口氣：「我也覺得在這裡邊待了很久，沒想到居然有兩天多了。這段時間，可真難熬。」

「你們有事情瞞著我們，對吧？」我打斷了她的感嘆，突然問。

夏彤的視線寸步不讓，「別逗了，你說的話也不是完全是真的。」

我笑了一下，「妳很謹慎。也對，我們都是陌生人，如果一見面就像見到老鄉似的掏心掏肺，大概也沒法在這兒活到現在了。兩天時間，你們怎麼活下來的？飲用水和食物，怎麼解決？」

「最重要的是，妳手裡的電筒，是哪兒來的？在這個鬼地方似乎外頭帶進來的電子設備都無法發光。難道妳的手電筒是在這詭異空間裡撿到的？」

「你問題還真多。」夏彤清冷的聲音中帶著一絲詫異，「不過確實問到了重點。實話實說吧，剛開始我們被黑暗中的怪物追趕，險象環生。最後我和嘉榮逃到了一個有光的地方，這手電筒也是在那裡找到的。」

「那地方，類似於遊戲裡的安全區？」我問。

夏彤點頭，「類似吧。至少裡邊沒怪物。你們要跟我們去嗎？」

我轉頭看了梅雨一眼，梅雨緊張得很，有些沒主見。她視線仍舊停留在假嘉聯消失的位置，臉上流露出壓抑不住的恐懼。

「我們還有選擇嗎？請帶我們去安全區。」我苦笑了一下。

夏彤沒猶豫，她的身體轉動了好幾下，計算了方位，「朝這邊走。」

「巴拉姆封閉空間計算法？」我眼睛一亮，這眼鏡娘不光長得漂亮、智商高，就連如此偏門的物理知識都懂，而且會實用。

夏彤同樣吃了一驚，「沒想到你也知道這個理論。」

巴拉姆封閉空間計算法，是透過空間距離、點線距離、點面距離、異面直線距離、公垂線段、等體積法等六種計算公式來推算出封閉空間內兩點或者幾個點之間的路徑位置。用在這個無光沒有標的物的世界中，確實是最有效的定位辦法。至少只要公式套入得當，就能防止迷路。

「妳的參考點是多少？」我問。

「3。」夏彤大概是個學霸，她臉上稍微少了一些冷冰冰，甚至故意停了停等我走上前跟她並排，討論起了空間理論的學術問題。

背後的嘉榮張大了嘴，一臉羨慕嫉妒，「我靠！老子跟她混了這麼久，追她也快兩三年了。夏彤可從沒有讓我跟她並肩走過，就連我的名字，都是在這該死的地方，因為需要才記住的。」

梅雨拍了怕他的肩膀，同樣吃味地看著並肩走的我和夏彤，「這些高智商生物的世界，我們都不懂。勸你還是別追夏彤了，沒結果的。」

嘉榮悶悶不樂，「我可是富二代。」

「別說在乎錢了，我看那個夏彤和我的老同學夜不語都一樣。不光是對錢不感興趣，我甚至都懷疑他們是不是對人類本身還感興趣。」梅雨嘆了口氣。

兩人同時陷入了沉默中。

我一邊走，一邊和夏彤討論封閉空間的定位方法還有幾種可以套用在現在的環境裡，增加我們的生存率。

跟著夏彤走了大約半個多小時，遠處，一個朦朧的東西逐漸出現在了眼前。

「那裡就是安全區了。」夏彤指著前方說。

我揉了揉眼，在這無光的世界，黑暗是主色調。在這個世界中，無論光線有多暗淡，在沒有目標的視網膜上，都顯得極為刺眼。

隨著距離的接近，我終於看清那朦朧的物體究竟是什麼。那是一棟建築物，很舊，通體都是由灰濛濛的磚頭搭建的。大約六層樓高。樓頂還有石棉瓦作為屋頂。

當我和梅雨真的看清楚了那棟樓時，我們同時停住了腳步，整個人如同被雷擊了般，再也挪不動身體。

怎麼可能！

那棟樓怎麼可能出現在我們眼前？

不可能！絕對不可能！

我與梅雨兩人只感覺渾身冰冷，一股刺痛脊髓的寒意，侵襲了全身。

那棟建築物，居然，正是我和她讀小學時的教學大樓……

但那棟教學大樓，明明早就已經拆除了。我在沒有轉校前，親眼看到它倒塌的！

「這是怎麼回事？這棟教學大樓，怎麼會在這兒！」梅雨結巴著，本來就已經極度脆弱的神經，現在瀕臨崩潰邊緣。她探出手，救命似的抓住我的手，牢牢地抓住。死都不敢放開，彷彿一放開，她就會被吸入萬丈深淵，永生難以逃離。

我揹著守護女，在這黑暗冰冷的世界裡，如同風中殘燭，生命隨時都會被周圍的詭異吹滅。

黑暗侵襲視線所及的任何地方。唯獨那棟六層樓高的老舊教學大樓，矗立在朦朦亮的一團光圈中。彷彿那是獨立的世界，比現實世界、比黑暗世界更加的獨立，存在感更加難以理解。

「進去吧，那些怪物準備襲擊我們了。」夏彤用手裡的手電筒掃了周圍一圈。越是靠近光中的教學大樓，周圍怪異的腳步聲越是響。怪物，黑暗中的怪物，似乎並不止一隻。它們正在從四面八方湧過來。

最可怕的是隱藏在黑暗處的怪物，究竟是什麼模樣，我們根本不知道。

人類對未知，永遠都充滿了恐懼。這種恐懼會令最理智的人，也失去冷靜。因為一方面是未知，一方面是眼睛可以看到的已知，結論和答案顯而易見。

我選擇走進教學大樓。

梅雨一把緊緊拽著我，「不要進去。」

「為什麼？」我詫異地看了她一眼。雖然我也覺得就這麼走進這棟詭異的教學大樓有些不太妥當。

梅雨瞪了我一眼，「明明是十多年前，你要我死都不要再進去的。」

我撓了撓頭，沒作聲，苦笑。自己那段記憶沒了，鬼才記得自己當初為什麼要說那句話。但是以我的智商，小學六年級時候的自己，已經不容小覷。難道，這棟教學大樓比我想像的更加難以理解，更加的恐怖？

我不由得停下了腳步，問：「那當初的我，有沒有告訴妳為什麼？」

「沒有。」梅雨搖頭。

「那只能先躲進去了。」我無奈道。周圍的怪物，越來越密集。只是它們都隱藏在黑暗中，我們看不到。但是卻能明顯感覺到那些東西的咄咄逼人、它們在潛伏，在等待，只要我們一不小心走出手電筒的光圈，就會襲擊過來。

梅雨的臉色很難看，「夜不語，你不覺得黑暗中的怪物有些奇怪。它們明顯是在將我們朝教學大樓裡驅趕。」

「我早就知道了。」我的苦笑更加苦澀。這一點自己確實早就察覺了。可是，如今還有選擇嗎？

見我堅持，梅雨最終也投降了，「確實，進教學樓確實是唯一的選項了。」

被怪物襲擊會發生什麼，沒人知道。而不遠處骯髒破舊的教學大樓看起來是唯一安全的地方，畢竟那座教學大樓處於光明中，至少是眼睛可見的存在。

只要有光，人類天生就會產生安全感。哪怕那所謂的安全感虛無縹緲，甚至比黑暗更加危險。

沒有選擇的我、梅雨、嘉榮和夏彤，一步一步的走進教學大樓所在的光明中。靠近看，教學大樓並不是那種看似獨立的存在。我們的腳，踩到了土地，真真正正的土地！

為什麼說是真實的土地？

因為在黑暗中，哪怕是夏彤用手電筒照射到的地面，我都搞不清楚那究竟是什麼物質成分。剛進來的時候，我為了確定自己是否還在藝匣私立學校的操場上，曾蹲下身摸過地面。可是地上的觸感，非常複雜，而且一塵不染。我摸不到任何東西，甚至我懷疑，自己腳下是不是真的地面，是不是支撐我們身體的地面，本身就是黏稠的黑暗組成的。

而教學大樓周圍的地面，有存在感多了。十多年前我讀小學時，這所小鎮還很貧窮，學校地面都是裸露的泥土，沒有水泥表面，沒有塑膠跑道。一到上學放學人多的時候，春城那乾燥氣候帶來的惡劣就展露無餘。

人群走動帶起來的灰塵足以遮蔽住每個人，鑽入每個人的口鼻裡，令你喘不過氣。

斑駁教學大樓的前方，就是操場。

我們四人，從黑暗中一腳跨入的，正是操場的邊緣。背後近在咫尺的空間，就如同被刀割成了兩半、割裂出縫隙的紙，光明與黑暗，徹底被分成了兩種顏色。

「不對啊，夜不語。這裡好像只有教學大樓，還有操場。其餘的建築物全都沒有了。」梅雨掃視了四周兩眼。

沒錯。古老的教學大樓，依然是我離開時的那個模樣。但是我原本的小學，本就不僅僅只有這棟教學大樓。教學大樓在操場右側，跟教學大樓並排而立的是行政大樓。

行政大樓與教學大樓之間有一座長方形的荷花池。荷花池另外一端，是圍牆圍起來的低矮磚瓦房，那是教師的宿舍。

那是我記憶中的小學的格局。

但是現在我眼中的空間裡，除了操場和六層高的教學大樓，其他建築物都消失了。教學大樓獨立存在於這個莫名的世界，我實在想不通自己究竟是不是在做夢，自己說不定是突然暈倒了，身體還在藝匣私立學校的操場上，只有腦袋在做著詭異的夢而已。

又或許，又或許我根本就沒有回過春城的母校，自己正在楊俊飛的偵探社裡睡大覺，李夢月還好好的替我收拾殘局，黎諾依也忙著幹自己的事情。

可是人世間哪有那麼多白日夢，背上守護女柔軟身體傳遞過來的冰冷和溫暖交織的複雜味道，讓我摒棄了「在做夢」這個可能。

「夜不語先生，你一直都在好奇我手裡的手電筒吧？」夏彤繼續帶路，「這支手電筒就是在教學大樓的其中一間教室找到的。最古怪的是，我至今都搞不清楚它的原理。希望你能找到答案。」

由於在這裡不再需要手電筒的光，夏彤一邊說，一邊將手裡的手電筒遞給我。這支手電筒大約是上世紀八〇年代的產物，通體由鋁做成，如果是嶄新的，那麼肯定還會展現鋁金屬的本來顏色。可是由於經歷的時間太久，手電筒斑駁發黃，周身的金屬也磨損了不少，顯得非常骯髒。

手電筒的觸感非常不舒服，冷得很，我將它抓在手裡，就如同抓住了一塊萬載寒冰。

輕輕晃了幾下，我發出「咦」的一聲。

夏彤觀察著我，「你也發現了？」

我點頭，將手電筒的後蓋打開。後蓋中空蕩蕩的，本來應該使用二號電池的電池盒什麼都沒有。

一旁的梅雨驚訝道：「這手電筒裡邊沒有電池，那它剛才究竟是怎麼發光的？無線充電？」

我聳聳肩膀，自己同樣也詫異不已。將後蓋卡好，我推動手電筒的開關。燈並沒有亮。

「我剛才一直都在試，這支手電筒只要進入了黑暗世界，沒電池都能發光。但是一回到教學大樓，就用不了了。」夏彤說道。

「奇怪了。明明就是很普通的手電筒而已。」我實在無法解釋，「據我所知，類似的手電筒在上世紀八〇年代的國內算是稀罕物，僅僅只有黑龍江的幾個工業基地能夠生產。我手上這支，不出意外的話，原產地肯定也是黑龍江。」

梅雨低下腦袋突然想到了什麼，瘋了似的搶過我手裡的電筒，整個人又顫抖起來，「這個手電筒，我似乎有些眼熟。」

「什麼意思？」我皺了皺眉。

梅雨將手電筒的後蓋打開，「你看看這裡。」

她指著後蓋上的一處痕跡，那痕跡呈現紅色，像是一團風化的文字。

只看了一眼，我完全呆住了。那紅色的痕跡，確實是文字。而且那串文字我異常熟悉，那，分明就是我小時候的字。

一模一樣，絕對是我寫的。

「這是我的字？」我呆愣地打量著那些小字，好不容易才抬起沉重的頭。

這句話令夏彤和嘉榮都驚訝了。

「夜不語先生，你說這手電筒上的字是你寫的？怎麼可能？」夏彤似乎拚命想要整理思緒，「你們究竟有什麼事情還瞞著我？」

我苦笑道：「不光是這支手電筒。比如眼前的教學大樓，分明就是我和梅雨，甚至還有嘉榮哥哥嘉聯，小學就讀的母校。」

「所以你們對這個地方很熟悉？」夏彤眼睛一亮，「那你們知道怎麼從這該死的地方逃出去？還有，為什麼這座教學大樓會在這兒？」

我搖頭，「鬼才知道那麼多。至少我現在都還沒有頭緒。本來這座教學大樓早在十多年前就已經拆除了，不應該存在才對。」

我的話令夏彤更加困惑，不過這女孩頭腦聰明，她扶了扶鼻子上的眼鏡，腦袋裡不斷地在想些什麼。

我們一行四人，沉默著，只有腳步不停的前行發出單調而難聽的聲響。

「那手電筒裡寫的是什麼？」幾分鐘後，夏彤打破沉默。

由於字寫在手電筒內壁上，寫得很潦草如同狗啃，再加上過了太長時間，上邊的字早已經看不清楚。但是作為本人，我當然能辨識出究竟寫的是啥。

「不要關燈。」我唸道：「上邊寫的是，不要關燈。」

「有什麼含意嗎？」夏彤問。

我再次搖頭，「不知道，我忘了。」

說完，轉頭望向梅雨，試探著問：「老班長，妳既然記得這個手電筒，那麼妳肯定記得我為什麼要寫這些字，對吧？」

「手電筒是校長的，畢竟當初的年代，手電筒很罕見。我們好不容易才從校長室偷出來。」梅雨嘆了口氣。

我頓了頓，「老班長，小學六年級時，我們身上到底經歷過什麼恐怖事情，妳就不能直接告訴我？妳明明知道我該死的失憶了。」

梅雨急了起來，語氣有些衝，「明明是你千叮嚀萬囑咐，要我不要告訴你的。還有，還有，那段時間你行事詭異，明明是個小學六年級的小屁孩，倒是做事情老練神秘。就算讓我現在說，我也搞不懂該告訴你什麼，究竟當初的你，有什麼事情瞞著我們。

要我們告訴你啥。」

我沉默了。這確實是我的風格，哪怕相隔十多年，哪怕當初我只有十一、二歲，可既然要梅雨等人保密，那就意味著，一定有什麼東西，是需要我必須自己依靠自己，獨立記起來的。

自己做事情從來都有條有理，如果打破了自己的佈局，那麼帶來的絕對是無法承受的危險。

可是，該死，十多年前，我到底在佈局什麼？搞什麼鬼？難道那段記憶的缺失，也是十多歲的自己，故意搞出來的？

自己，真有那麼厲害？

自從我唸出自己十多年前寫在手電筒內壁上的字後，夏彤和嘉榮就詭異的沒有再開口，甚至臉上都流露出了一絲驚駭。

「你們回憶起了什麼？」我注意到了兩人的異常。

「不要關燈，不要關燈……」夏彤不停唸叨著這四個字，她的回憶顯然不太美好。

嘉榮笑得苦澀，「夜不語先生，就是因為這四個字，我們才會進入這該死的空間裡的。」

我沒細問，反而是夏彤一臉堅毅的像是決定了什麼：「夜不語先生，我覺得我們還是打破陌生人的壁壘，資源分享吧。這樣，逃生的可能性更大。」

「我剛剛就是這個意思，我贊同。」

「那我就先來講講，我跟嘉榮是怎麼落入這個空間裡的。」夏彤頓了頓，「其實，和我們一起進來的，並不是我們兩人。還有其他幾個人。

「這一切，都要從我們兩天前的萬聖節晚上，第一次聽到『不要關燈』這四個字，說起……」

第八章　死亡關燈

人生艱難，沒有什麼價值觀是一成不變的。沒有多少人的尊嚴或驕傲，值得魔鬼花大錢來購買。

能輕易恪守的道德，能斬釘截鐵做出的判斷，往往是因為誘惑太小。凡人，最好還是祈禱自己永遠不要遇上這種誘惑。

曾經有過哲人描述過「誘惑」這個詞語對凡人而言，究竟代表什麼。「誘惑」是原罪，因為基本上沒有人能夠抵禦得了誘惑。

對於金錢、對於地位、對於攀比，乃自於吸毒者對毒品，饑餓者對於食物，凡此種種都是誘惑。大多數人，面對誘惑都無能為力。

好奇心，同樣是一種誘惑。

那日的萬聖節晚上，夏彤、曼安和嘉榮走入了中國風的鬼屋後，竟然迷路了。好不容易來到了一個乾乾淨淨的正方形房間裡。

房間並不大，大約只有三十多平方公尺。四面牆壁甚至屋頂和地面都被刷上了白色油漆。房間正中央，擺著一盞檯燈，一盞約三十公分高的檯燈。

夏彤等人看到的光，就是來自這座檯燈。

更奇怪的是，檯燈下方壓著一張紙條。

曼安將紙條扯出來，只見上邊只有寥寥幾個小字。

「千萬，別關燈。」曼安將紙上的字唸了出來。

「這什麼意思？」她轉頭問夏彤。

夏彤思索了一下，「那就別關吧。」

「那字跡我認識。」一旁的嘉榮突然說了這句話，「既然他說別關燈，那我們就偏偏要關掉。關掉說不定就能逃出去了。」

說著，他就伸手向檯燈的開關摸過去。

就在這時，房間外一個撕心裂肺的喊聲刺破了空氣傳來，「不要關燈，千萬不要關燈。」

衝進來的是譫語。可是顯然已經晚了，嘉榮在短暫的遲疑後，居然還是毫不猶豫地按下了檯燈的開關。

節能燈泡彷彿電影中的慢動作般，逐漸暗淡下去。往前拚命跑的譫語頓時停住了腳步，一動也不敢動。

黑暗瀰漫在這潔白到一塵不染的房間中。隨著黑暗的來臨，還有一股腐爛的恐怖氣息在蔓延。彷彿漆黑裡肉眼看不到的某些東西，也一併甦醒了過來……

「都叫你們不要關燈了，你們為什麼要關，你們為什麼偏偏就是要關！」譫語氣急敗壞地說。

「呵呵，條件反射，抱歉抱歉。」嘉榮在黑暗中摸了摸頭髮，道了歉以後就吃味了，憑什麼自己一個富二代要向一個魯蛇道歉。何況還是在夏女神跟前。這傢伙連忙硬氣起來，「我就是喜歡關燈，你管我！」

譫語氣惱的語氣果然被他的粗暴嚇縮回去了，「我不敢。可是，可是……」

「可是什麼，說話都說不清楚。白癡。」嘉榮一邊罵他，一邊想要在黑暗裡摸夏彤，「夏美女，妳別怕黑，我保護妳。」

他的手結果摸空了，原本記憶裡夏彤所在的位置並沒有人。嘉榮只得尷尬的將手縮回來。

夏彤在黑暗裡問譫語，「你剛才為什麼不讓我們關燈？」

「這間房子的黑暗裡有東西，我和倉扁剛剛進來後，就在鬼屋裡迷路了。好不容易進了這有光的地方，結果才發現，還不如待在迷宮中。」譫語的語氣裡透著恐懼，「這黑暗異常古怪，沒多久，本來還好好在跟我說話的倉扁突然就沒再開腔。我喊了很久，才發現他居然就那麼，失蹤了！」

「失蹤了？在這間屋子裡？」夏彤大惑不解，「就這麼小小一間屋子？我們進來的時候，可沒看見他，同樣，也沒見到你。你當時在哪兒？」

「我也不清楚。我和倉扁在屋子裡摸黑走了很久，根本摸不到房間的牆壁。直到你們將門打開了一條縫，我在黑暗裡看到了些許光線，就拚命朝你們的方向跑。」譫語說。

夏彤皺了皺眉，「不對，你有什麼瞞著我。」

「這就是事實。」譫語惱道。

「你分明有事情瞞著。」夏彤搖頭，「如果真的如你說的那樣，幹嘛看到我們的第一句話不是『救命』，而是『不要關燈』？」

譫語啞然，好幾秒後才道：「我在黑暗裡待久了，條件反射的覺得你們關燈了，我就會再也找不到出口。結果……哎，你們還是把燈關了。」

「沒關係，哪怕看不清楚，我倒是還記得開關的位置。我再把燈打開就好。」夏彤見譫語始終在找藉口，聰明的她也沒再多問。但是她其實根本就沒有想到事件的嚴重性，否則肯定會拽著他，打破砂鍋問到底，甚至不惜嚴刑逼供。

「沒妳想的那麼簡單。」譫語似乎在說風涼話。

夏彤沒理會，她計算了一下方向，走到剛才燈的位置，手一壓。之後整個人都呆了。

她的手壓空了，手掌下邊，本來應該是檯燈和開關的所在，可現在居然空空蕩蕩的，什麼都沒有。

怎麼可能！夏彤從小就對自己的記憶力非常自信，特別是空間感。她對空間距離的記憶非常厲害，甚至可以絲毫不差。但這引以為豪的記憶，居然在這時候失效了。

「不是妳記錯了，我覺得這間房間肯定是一個大機關，而檯燈的開關就是機關的開關。我們很有可能已經不在那個房間了。」譫語說。

「我不信。」夏彤搖頭：「這違反科學原理。」

「妳認為什麼才是科學？」譫語惱了。

夏彤的語氣仍舊那麼平緩毫無起伏，「我只信證據。我們所處的房間大約是四公尺乘以四公尺的空間，呈現正方形。現在我位於中央位置，只要隨便往任何方向走兩公尺，就能摸到牆壁。」

說完，這位眼鏡娘朝前走了起來，「我一步只有六十公分，兩公尺需要走三步半。一步，兩步，三步……四步。」

夏彤一共邁出了四大步，之後本來毫無波瀾的語氣頓了頓，女孩哪怕再冷靜，一時間也被嚇到了，「五步，六步，七步。果然，我們已經不在剛剛的房間了。」

她又往前走了三步，最終同意了譫語的假設。

「奇怪了，但凡空間的移動，都會有跡可循。剛剛的房間或許真的是一臺大電梯，在我們按下檯燈按鈕的時候，電梯就動了，將我們悄無聲息的載到了鬼屋的上邊，或者下邊。」眼鏡娘皺著眉頭，「我們現在位於鬼屋下方的可能性比較大，畢竟，這座中國風的鬼屋，並不高。」

「小彤，妳就別當偵探了，趕緊想想怎麼逃出去。聽剛剛譫語說的話怪可怕的，他說什麼倉扁都失蹤了。」曼安怕得很，在這無盡的黑暗中，什麼也看不見。她就算想拉人都拽不到。就連聲音都彷彿在黑暗中被扭曲了。

「啊！」夏彤突然大叫了一聲，將所有人都嚇了一大跳，譫語臉色瞬間變得慘白無比。

他吼道：「妳瘋了，妳究竟要幹嘛？」

「沒回聲。」夏彤沒理會他：「看來我們處在一個比我想的更加空曠的空間中。這個空間高度很高，四周也沒障礙物，畢竟聲音沒有遇到障礙反彈回來。」

「我看妳在找死！」譫語狠狠道：「妳把黑暗裡的東西全吸引過來了。」

「黑暗裡有東西？」夏彤皺皺眉：「果然，你瞞著很多事情。黑暗裡有誰？是他們抓走了倉扁？」

「不是黑暗裡有什麼人，妳更該問，黑暗裡藏著的究竟是什麼怪物。」譫語豎著耳朵聽了一陣子，頓時慘白的臉色更加蒼白了，「該死，我們快逃，那些東西真來了！」

說完拔腿就跑。

原地留下夏彤、曼安和嘉榮根本搞不清楚狀況。隔了幾秒，一陣「沙沙」聲響從四面八方傳來。那聲音，根本就不像人類能夠發出的腳步。三個人嚇了一跳，不敢怠慢，也跟著譫語逃走的地方跑。

人是群居動物，哪怕個體再聰明，也無法抹滅群居動物的本性和本能。夏彤聰明是聰明，但是她畢竟從小生活在安全的環境中，遇到恐怖事情一樣會六神無主。

他們一行四個人，就這麼一前一後的跑了很久，直到那怪異的「沙沙」聲消失不見。

「往這邊走，我來得早，發現前邊有亮的地方。黑暗太危險了，潛伏在黑暗裡的怪物，會不停襲擊我們。不過它們，似乎都怕光。」譫語開口道。

曼安因為胖，所以體力並不好。她本就跑得氣喘吁吁，再加上害怕，早就跑不動了，只能雙手扠著腰桿，抱怨道：「還要逃啊？」

「大家把手機拿出來，現在手機都有手電筒功能。」夏彤皺皺眉，她本能覺得譫語的話有些前後矛盾，不太對勁，「既然你說那些怪物怕光，我們都打開手電筒不就沒問題了？」

「沒用的。」譫語搖搖腦袋。

夏彤自有主見，她掏出手機按了下電源。手機沒有亮，眼鏡娘「咦」了一聲，「怪了，明明手機有發出解鎖聲。但是螢幕卻不亮。」

「會不會是小彤妳剛剛把手機弄壞了？」曼安連忙也拿出自己的手機試了試。果然，手機功能正常，能夠發出聲音，可就是發不出一絲光明。

嘉榮撓了撓頭，「怎麼會這樣，我們所有人的手機螢幕都出了問題？」

「應該是。」夏彤在黑暗中，下意識的摸了摸自己的眼鏡框，藉這個小動作平復心情，「很可能在我們進入這地底黑暗空間時，有某種儀器對手機螢幕發射了某種電磁波，將進入者的螢幕弄壞了。」

「一個遊樂園而已，哪有這麼高科技的設備？」曼安縮了縮脖子，突然想到了什麼：「嘉榮，你可是富二代。來的時候不是誇海口，說藝匣樂園是你認識的人開的嗎？你肯定知道些內幕！」

嘉榮臉色一白，「抱歉啊，我什麼都不知道。」

「你真不知道？鬼才信！」曼安急了，「明明是你為了追小彤，才給我好處讓我帶小彤來這個鬼樂園的。要不我想來個屁。結果遇到了這麼詭異的事情，又是走不出去的迷宮鬼屋，鬼屋下邊還有個這麼大的空曠空間，沒有陰謀才有鬼！你跟這個樂園的主人同個圈子的，怎麼可能什麼都不知道！」

嘉榮也急了，「我就是個紈褲富二代而已，除了花錢什麼都不會，哪有那麼多花花腸子弄陰謀詭計。我真有那麼高的智商，只對智商感興趣的夏彤大美女早被我追到了。」

夏彤在一旁聽這兩個智商需要繼續儲值的朋友吵來吵去，不耐煩起來，「好了，曼安妳也別說了。嘉榮應該是清白的。」

嘉榮聽到自己心目中的女神為自己說話，不由得一喜。結果第二句就把他的幻想打回原型。

「就像他說的那樣，他智商沒那麼高。」夏彤轉頭，看向譫語的方向：「你剛剛說的安全的地方，在哪兒？」

黑暗中的譫語，看不到模樣，看不到表情，但他的語氣，卻沒有他描述的那麼慌張害怕。夏彤越發的覺得他可疑。

「你們跟我的腳步走。」譫語用力發出腳步聲。

夏彤發聲讓嘉榮和曼安一起，手牽著手，三個人由譫語帶領穿行在黑暗中。就這麼走了許久，四人剛開始還有一搭沒一搭的說話排解恐懼。但時間久了，緊張感已經無法光靠發音緩解。沉默，開始蔓延。

「譫語，你叫做譫語對吧。據你自己說，你只比我們剛進來沒多久，怎麼會比我們瞭解的多那麼多？剛剛走過的路，已經比我們和你從樂園入口進來直到分開的時間還長了？你想要解釋嗎？」

「沒什麼好解釋的。」譫語悶悶地說。

夏彤眯了眯漂亮的眼睛，「我剛剛突然回憶了一下。你在樂園門口曾經說過有關於因果的話。難道你最近遇到過某些無法接受的事情？」

譫語沒開口。

夏彤繼續說道：「你的性格，不像是個喜歡來樂園遊玩的人。你究竟來藝匣樂園，想幹什麼？」

這個問題，是夏彤思來想去後，最大的疑點。

瀰漫著無盡邪惡氣息的黑暗裡，曼安和嘉榮聽著夏彤獨角戲般的一個接一個的問題，終於忍不住了，「小彤，妳到底想要問譫語什麼。妳的問題，讓我越聽越害怕。喂，譫語，你倒是回答啊！」

譫語還是沒回答。他的腳步聲倒是急促起來。

身後的三人背後竄起一股涼意，他們不清楚，這個同班的大學同學譫語，究竟在想什麼。到底要帶著他們去哪兒。在前方等待的終點，究竟是求生之地，還是末路？

就在他們退縮了，想要不跟著走時。譫語突然說話了，「到了。」

這兩個字中，帶著隱隱的一絲喜悅。

隨之而來的是黑暗中，一襲朦朦朧朧的光，在前方透了過來。光中，似乎有建築物。

「得救了！」嘉榮欣喜若狂：「我們逃出來了。」

「快進去，那些怪物要追來了。」譫語不知為何往後看了一眼，濃得化不開的黑暗，哪裡還能用眼睛看得到事物。但譫語彷彿偏偏在無法視物的黑暗裡看到了些可怕的東西。

夏彤等人不由得在他的催促中加快了腳步。

越來越近了，不遠處的光明中確實有一棟建築物。那建築物很老舊，像是一棟斑駁的舊校舍。就在他們四人快要走進明暗分明的光線中時，一個撕心裂肺的喊叫聲傳了過來，「不要進去，千萬不要進去！」

所有人都被這聲音中帶著的絕望嚇了一大跳，因為聲音的主人太過害怕，叫得嗓子都要破了。

「這好像是……倉扁的聲音？」嘉榮和倉扁比較要好，很快就識別出黑暗中那彷彿在嚎叫的聲音的主人。

「倉扁為什麼讓我們不要進去？」傻大姐曼安這時候也不犯傻了，「譫語，你不是說倉扁被怪物抓走失蹤了嗎？」

「他確實失蹤了。」譫語皺了皺眉，「我覺得，或許那個人，不是真正的倉扁。」

夏彤扶了扶眼鏡，停住了腳步，「你倒是很鎮定。」

倉扁在快速接近他們四人，一邊跑一邊吼道：「不要聽那傢伙的話，我沒有失蹤，也沒有死。我不知道你們身旁的那個譫語究竟在用什麼話蠱惑你們。但我親眼看到了，真正的譫語已經死了。是我親眼看到他被怪物殺掉，拖走的。」

「我沒有死，死的是譫語，不是我。」

「那個譫語，是假的！」

倉扁不停地大吼大叫，猶如一隻嚇壞了的寵物。

曼安和嘉榮渾身一震，之後迅速和不遠處的譫語拉開了距離。

「果然譫語是假的，我就覺得他的性格變得太多了，而且知道的也太多了。」嘉榮恍然大悟，驚恐不已地說：「沒想到看不到的怪物一直都在我們身旁，還變成了譫語的模樣。」

曼安也驚魂未定，「幸好倉扁來了。喂，倉扁，我們究竟該怎麼做？」

「不要進入光明的地方，那裡是怪物的巢穴。遠離那個地方，離得遠遠的。」倉扁不停接近。

譫語一動也不動，「倉扁才是怪物變的，你們最好信任我。否則，肯定會被怪物殺掉。你們想一想，既然怪物怕光，可倉扁卻一直讓你們不要進光明的地方。你們不覺得他的話有些矛盾嗎？」

嘉榮在危機中智商也沒那麼低了，「我雖然從小不用腦子，但是也沒那麼笨。譫語，那些怪物怕光也只是你一直灌輸給我們的。這地方一點光都沒有，我們怎麼知道怪物是不是真的怕光。不對，這裡到底有沒有怪物，我也沒真正見到過……」

可曼安卻被譫語說得左右為難，同樣也驚恐不已，「小彤，我們該信哪一個的話。究竟有沒有怪物，還是說，倉扁和譫語，有一個人已經死了，現在的不是真的他？哎呀，頭痛死了。」

倉扁還在不停接近。

夏彤瞇了瞇眼，突然大聲問：「倉扁，這地方沒有光，我們都看不見。你是怎麼知道我們的位置，而且還清楚知道譫語在我們身旁？我們交流的聲音很小，說話聲傳遞不了那麼遠。難道你有辦法在黑暗裡視物？」

倉扁的速度越來越快，眼看就要近在咫尺了。

「逃，往光裡逃。」夏彤大喊一聲，拔腿拚命朝光線中的建築物裡躲去。三個人慌亂的腳步在黑暗空間中響個不停。

隨著他們逃跑，黑暗裡的倉扁急了，甚至連聲音也扭曲起來。在那拖得很長的發音中，「沙沙」作響的音調越來越高，進入耳道後甚至變成了令人耳鳴的白噪音。倉扁的聲音，明顯不是人類能夠發出的。

無數「沙沙」聲從四面八方傳遞過來，淹沒了耳中的整個世界。

光明就在不遠處，雖說不遠，但是四個人沒命的逃，也花了不短的時間。當真逃到建築物下方時，夏彤才駭然發現，他們一行四個，只剩下了兩個人。

她，以及嘉榮。

「我懷疑倉扁是假的，所以躲開了他。現在想來，譫語是不是真的，我卻無法判斷。畢竟那個人前後性格的差異，實在太大了。」

夏彤將自己怎麼來到這個黑暗空間的前因後果統統講了一遍。我埋頭沉思了片刻，分析道：「我覺得譫語應該是真的，但他一直有什麼事情瞞著你們。甚至一開始進入藝匣樂園前，就已經知道些秘密了。這個人，說不定是關鍵人物，我們應該找到他，想盡辦法，讓他把知道的全部抖出來。」

「但他沒有走進這個舊校舍，說不定和曼安一起，被怪物殺掉了。」嘉榮插嘴道。

我搖頭，「換個方向思考，他恐怕是故意帶你們來這棟建築物，並不是為了救你們，而是別有目的。他之所以沒進來，是有別的事要做。」

對於讖語的討論並沒有進行太久，由於資訊太少，我也沒辦法做進一步判斷。之後自己也將我、嘉聯和老班長梅雨如何進入黑暗空間的事講了一遍。

四個人將所有資訊拼湊之後，完全沒了頭緒。因為我們兩方，根本就沒有任何有關聯的地方。不，唯一的關聯，應該就是都認識嘉榮和嘉聯兩兄弟。但這兩個富二代太沒存在感，我和夏彤，甚至梅雨都覺得。這兩個人，不可能是我們陷入如此糟糕狀況的始作俑者。

就在我們百思不得其解的時候，梅雨突然像是發現了什麼，整個人都猛地顫抖了一下。她艱難地轉過頭，指著不遠處的某一個東西，喉嚨因為緊張而發啞道：「夜不語，或許並不是真的完全沒有關聯。」

我們順著她的手指望去，當看到梅雨指著的東西時，所有人都驚訝的呆住了！

第九章 黑暗的維度

在愛因斯坦的數學體系中，時空有三個維度，第四維是時間維。但隨著時空理論的發展，現代物理學家普遍認為宇宙的維度可能高達十一維。

我不知道究竟誰對誰錯，又或者宇宙是不是真的有無數的維度。但在這黑暗空間中，我無法分辨自己是不是還在自己的空間和時間維度中。又或者，真如夏彤猜測的那樣，我們並沒有離開自己的時空，只是到了藝匣樂園地下的空間。

可是根據現有的資料，藝匣樂園和藝匣私立學校雖然明顯屬於一個集團，畢竟名字都一樣。但是兩個地方有段距離。一個在小鎮的東邊，一個在西邊。哪怕是走直線，也有六公里遠。我們在相距六公里的兩個位置進入這個黑暗世界，卻能碰頭，證明兩個地方是相通的。

但我根本無法相信，有哪個城市的下方會如此空蕩蕩。我們在黑暗中跌跌撞撞的走了那麼久，根本就沒有碰到過障礙物。也就是說，這個空間沒有支撐上部空間的柱子。一個城市下方如果真被挖空成這副鬼模樣，用膝蓋想，整座城市早就塌下來了。

更何況，為什麼這個空曠的黑暗裡，還有我就讀過的小學已經拆掉的教學大樓？這實在無法解釋。

說一千道一萬，其實最無法解釋的，當屬我們眼前出現的東西！

那是一幅畫，一副風吹雨淋很久的老舊的畫。在教學大樓的一樓走廊中，這幅畫就掛在一間教室的牆壁上。斑駁的牆壁、外表的牆皮都剝落了，猶如長了一牆的牛皮癬。泛黃的畫紙被骯髒的玻璃保護著。灰塵積滿了外玻璃，但是仍舊能透過骯髒，看到玻璃後方畫上的內容。

畫的線條很幼稚，作者應該是小孩子。A4大小的紙張空間裡，所有的畫面都是用好幾種顏色的蠟筆所勾勒出來的。滿紙都被黑色蠟筆塗抹成黑色，黑暗的中間是簡略幾筆畫出的房子。

圖中有四個人正從建築物前走過。第一個是個女孩，穿著裙子，戴著眼鏡。手裡還拿著一支不亮的手電筒。第二個人是短頭髮男生，他背上隆起了一大坨，顯然是揹著一個人。走在後邊的是一男一女。

「這，畫的分明就是現在的我們。」梅雨的聲音在顫抖。

我渾身上下都流竄著刺骨的陰寒，毛骨悚然的感覺不停衝擊著理智，「應該是。」不是應該是，而是根本就不可能是別人。現在看圖畫的我們的姿勢，甚至排隊的位置，都和畫中一模一樣。夏彤拿著手電筒，穿著紅色長裙。我是第二個，背上揹著守護女李夢月。第三個是嘉榮，第四個是梅雨。

「這幅畫是誰畫的，看起來年代不短了。為什麼我們會在畫中？」嘉榮害怕得渾身發抖，「這幅畫的年紀，和我們的年紀似乎都差不多了。」

「沒那麼長。」我伸手，指了畫的側邊。上頭用蠟筆寫了一行歪歪扭扭的小字——05年。

「05年。難道是十二年之前？」梅雨咂了咂舌，「夜不語，當時的我們正在這裡讀小學六年級！可我從來沒有在這棟教學大樓中見過這幅畫。」

我摸了摸下巴，「我也沒見過。」

本來已經拆掉的教學大樓中出現了本來不應該有的畫，轉念一想，事情本來就夠詭異了。也不怕更詭異一些。但是畫中畫出了我們現在的姿勢，那問題就多了。事件也遠遠超出了詭異的範疇，我甚至覺得，自己是不是又陷入了某個陰謀中。

「畫中有我們，也就意味著，我們進入黑暗空間並不是偶然的。其中潛伏著某種必然。也就是說，我們四個人、甚至倉扁、嘉榮的哥哥嘉聯以及譫語，都是互相有關聯的。」夏彤吃了一驚後，迅速恢復了平靜，分析道：「只是暫時看不出關聯究竟在哪兒。」

我點頭，「沒錯，妳既然是嘉榮的大學同學，那跟我們應該相差一歲。甚至聽妳的口音，妳不是本地人，對吧？」

「我是北方人。在讀大學前，從來沒有來過春城。」夏彤緩慢的搜索了一下自己的記憶，確認道：「不說嘉榮等等，我跟你們完全沒有交集，更談不上有關聯。」

「妳的意思是，這幅畫並不是十多年前畫的。而是有人剛畫好不久，故意做舊了，貼在這裡出於某種目的嚇唬我們？」我皺眉，「夏彤小姐，妳在這舊校舍待了接近兩天，出入走動的時候，有發現過這幅畫嗎？」

夏彤想了想，「之前，這裡確實是有一幅畫。不過我從沒有想過仔細看，畢竟這地方異常詭異，而且空間也不算小。光是搜索一遍就需要花好幾天。誰會想到駐足看清楚一樓走廊上的畫呢？」

她的話很有道理。

梅雨不停地打量著那幅畫，看得次數多了，又發現了些異常，「夜不語，你看，這幅畫裡的黑夜並不是只有黑色。裡邊還隱藏著某些東西。」

我的視線轉了過去，看了不久也發現了異樣。畫中的黑色蠟筆塗抹得比較淺，算是這漫無邊際的黑暗世界的底色。而黑色中，還有許多著墨很深的地方，畫畫的小孩子畫得很用力。那一個個的小點，顯然表達了某種意思。

「這些小點會不會是表示黑暗中有怪物潛伏著？」夏彤猜測。

嘉榮也有了發現，「還有這裡。不只我們四個，這裡還有一個人。」

在黑暗的邊緣，鋸齒狀的塗抹分割著黑暗和舊校舍邊緣的光明。但是在光暗交界的地方，隱隱有一個人躲在裡邊。他正偷偷地注視著我們。

「該死！」我一把打碎玻璃，將畫扯出來。仔細看清楚了位置拔腿就朝潛伏著那個人狀物的地點追過去。

舊校舍的一樓臺階跨出去就是操場。操場往外跑沒幾步便是光明的盡頭。畫中躲藏的人顯然不敢完全進入黑夜中。他躲避的位置很不顯眼，就在舊校舍右側夾角處，那裡有一棵樹。那人便躲在樹後方。

直到我衝過去時，那傢伙才驚覺我發現了他。他急了，從樹下竄出來，可是也不敢真的跑進黑暗裡。這傢伙繞樹跑了一圈，見我身後的另外三人各自兜過來如同天羅地網。他一咬牙，一溜煙的沿著黑暗的淺處逃了十幾公尺，之後瘋了般拔腿溜入舊校舍。

「你娘的，還真有人埋伏。走，我們進去將他搜出來。」嘉榮早已被這個詭異空間弄得要崩潰了，一發現居然一直有人在偷偷窺視自己，憤怒得不得了。

「別慌，他一時半刻跑不掉。這傢伙肯定也不敢走進黑色的世界。」我擺擺手，問夏彤：「這個人的身形我不認識。妳認識嗎？會是妳的同學倉扁或者譫語？」

「都不是。背影是男性，但是我記性很好。倉扁胖胖的，而譫語沒那麼高。」夏彤搖搖頭。

我一時間陷入了沉思中，「難道還有除了我們之外的第三批人進來？可他為什麼躲著不見我們。在我們發現他的存在後，居然拔腿就逃。這太不符合陷入困境就會群聚的人類心理學了。」

「不過這張畫，並不是做舊的。」我扯了扯手中的紙，畫紙雖然風化得厲害，但是仍舊足夠堅韌。我瞇著眼睛，「梅雨，還記得十多年前咱們這個小城附近的郊區有大片大片的甘蔗田嗎？其中一家造紙廠響應國家號召，從國外引進技術，將甘蔗的纖維提取出來造紙。」

「記得記得，但那家企業好像早就因為成本過高倒閉了。」梅雨回答。

「我手裡的這張畫紙，就是甘蔗纖維製造的。比一般的木漿製造的紙韌性要好，可是柔軟度就遠遠比不上。」我撇撇嘴，「在我離開前，那家企業就倒閉了，不過製造出的最後一批甘蔗纖維紙，被我們的小學全買了。這張畫，應該就是用那批紙畫的。」

梅雨偏偏頭，「對，我還記得我們曾經用這批紙畫過畫。當時上美術課挺新奇的，因為這種紙的觸感和平時用的不一樣。」

「這種紙價格很貴。整間學校，僅僅只有一堂美術課用過這種紙。就是我們05年那屆的學生。當時的美術課好幾個六年級的班級都合班了……」

聽我說到這兒，梅雨突然渾身一顫，「夜不語，你的意思是，畫這幅畫的人，就在05屆的學生當中。」

「我猜，說不定我們還認識。」我瞇著眼。

時間，越來越撲朔迷離了。

「將這件事記在心裡，先存疑。我們把逃進宿舍樓的傢伙挖出來。」畫的線索在沒有進一步的資訊前，斷掉了。我找不到別的頭緒，只能透過抓住剛剛那個形跡可疑的傢伙揭開答案，甚至找到逃出黑暗世界的辦法。

不過顯然，狀況遠遠沒我想的那麼簡單。

畢竟整棟教學大樓，相對於四個人來說，要搜索的範圍實在太大了。

這棟六層樓高的磚木混合結構樓房，採用板樓設計。每一層的格局都差不多。第一層是開放的，走廊沒有牆，跨下臺階便是樓外的水泥地。二樓開始，上樓梯便是走廊，半封閉的走廊位於左手位置。右邊是一排教室。從一到六，六間教室一層樓。整棟教學大樓，一共有三十六間教室。

說實話，整棟教學大樓的存在都完全不符合物理定律。

首先，我無法確定自己的位置在哪兒。畢竟，這裡不能用手機。夏彤認為我們在城市的地下。而我卻不怎麼認同。

教學大樓孤零零的，如同一葉小舟，漂浮在漆黑的世界裡。只有這裡是昏暗的白天。對，確確實實是白天。因為這兒，居然有天空。灰濛濛的天空，雲層又厚又低，壓抑的我每次抬頭往上看，都無比難受。

最離奇的是，陰沉的白天裡，那些種植在教學大樓前的植物。

這個陰暗的地方盡頭就是一小部分的操場，操場是古舊的老式模樣，仍舊是沙土地，只要跑起來就塵土飛揚。我能看到的這片操場裡，並沒有任何雜草。一棵也沒有。

唯獨有植物的地方，就是教學大樓前的花壇，以及光明與黑暗交界處的那棵桂花樹了。在進入教學大樓搜索前，我特意走到花壇附近檢查裡邊的植物。

花壇一共有三個，每一個都寬一公尺，長達三公尺，高五十公分。花壇中有泥土，挺濕潤的，裡邊種滿了太陽花。

低矮的太陽花、綠油油的圓柱狀葉子在這灰暗的天空下，看不出一絲生氣。就連黃黃紅紅的花朵，也貼著泥土，儘量收斂著生機。我掐了一朵花，在手裡揉了揉。花是真的，紅色的花瓣將我的手指染成了猩紅。

但是，我卻聞不到任何花朵汁液的氣味。

我又走到了光明邊緣的那棵桂花樹下。修剪成圓形的桂花樹並沒有肆意生長，上邊長滿了金色的花朵。仍舊沒有香味，金桂那本來味道四溢，極有侵略性的香味，一丁點都沒有殘留。只剩下不金不黃的微小花朵。

微微皺了皺眉，我默不作聲的在眾人的視線中，走了回去。背後守護女的溫暖氣息從那副柔軟的軀體中不停傳遞過來，告訴我，一切都是真實的。包括這個完全矛盾的世界。

可是我的大腦根本無法從現有的知識體系中，辨視這莫名其妙的世界到底是怎麼回事。猶如被蒙上了一層迷霧，我看得模糊，想得模糊。

「進去吧。」嘆了口氣，我沒再細想。但是有一個念頭卻開始在心中恣意生長，自己似乎，想到了些什麼。

夏彤一直在看著我，「夜不語先生，你似乎忘了告訴我某件事。不，應該是你刻意避免告訴我那件事才對。我覺得你有必要解釋清楚。」

這眼鏡娘的直覺很敏銳。我非常清楚她指的是哪件事。

「我覺得沒有必要說。」我淡淡道。

眼鏡娘輕輕哼了一聲，「我覺得有必要。」

我回頭，兩人的視線在空中交會，兩個人都固執的不願意退讓。

「妳要問什麼？」梅雨被夾在我們之間，招架不住了。

夏彤撇撇嘴。「這棟樓，是你們上小學的地方。據說已經被拆除了。請告訴我詳情！」

梅雨猶豫了一下，看向我。我沒吭聲。女孩撓了撓頭，「其實我覺得沒什麼可以隱瞞的。我來告訴妳吧。」

人的一輩子，從生下來開始，就從不簡單。每個人都有別人身上不具有的優點。時光，從不會因為一個人的悲喜而停留，人類在各種碰撞中學會了處理困難和逃避困難。人生，總要行不同的路，看不同的風景。哪怕那條路，那條風景，並不美好。

路走得多了，一個人身上多多少少都有些不願觸碰的黑歷史。

我的經歷和我身上背負的黑歷史太多，多到滿身是淤積的傷口。但我僅僅只是特例罷了，一如柯南走到哪裡人就死到哪裡，動漫界中死了那麼幾百集的動漫人物，也僅只有那麼幾個。芸芸眾生，大多數人身上的傷口，都只有一兩個能夠觸及靈魂。

對梅雨而言，印象最深刻的，就要數小學教學大樓被拆事件。

沒有之一。

當時梅雨是六年一班的班長，再過一段時間就要從小學畢業進入國中。本以為一切都會順順利利的，畢竟對梅雨的人生而言，唯有讀書，才能改變家裡貧窮的命運。

「我第一次感覺到努力和天賦的差別，就在你身上。」梅雨看著我：「你每天都玩得開開心心的，也不怎麼讀書，卻始終是年級第一。所以很早以前，我就偷偷觀察著你。所以發生那件事的早晨，我只看了一眼你朦朧的影子，就認出是你。啊，扯遠了。」

梅雨絮絮叨叨的感嘆了一句後，轉回了正題，「六年級時，這棟教學大樓，發生了一些怪事。怪事，最早是從學校食堂開始的。」

大家一邊走，一邊聽她講述。在一樓走廊盡頭時，她停住了腳步：「夜不語，還記得嗎。這裡就是食堂。」

我當然記得。當初小學被環抱在低矮的民宅中，可利用的空間不多。只有一棟行政大樓、一棟教學大樓和一個不大的操場。所以學校乾脆將教學大樓一樓的最後一間教室改造成食堂。

平時家太遠回不去的小朋友可以在食堂用帶著的飯盒打些飯菜吃，不貴，但味道不好評價。不過在那個物資不豐的年代，已經很奢侈了。許多孩子往往窮得只吃白米飯。

梅雨就是只吃白米飯黨的一員。她住校，一個月只回家一趟節省車資。據說她家離這個小城市還有很長的一段距離。由於缺少營養，當時的梅雨面黃肌瘦，身體瘦得跟張紙片似的，像是隨時都會被風刮倒。說是女生，其實穿著打扮甚至為了頭髮好整理也剪成了短髮，一整個假小子樣。

那天中午，梅雨照例打了一碗白飯，準備端到教室安靜的一邊看書一邊吃。正當她要走上樓梯時，突然背後傳來一陣女孩子的尖叫。

「牙齒，我的牙齒好痛。」她身後一個女孩不知何時將飯盒扔到了一旁，地上流了一地的湯湯水水，女孩捂著嘴巴，痛得哭出了聲。甚至有一絲血順著她的嘴角流了出來。

「呀，流血了。」女孩身旁的朋友們也嚇了一大跳。

女孩指著嘴巴，「嘴裡有硬硬的東西，我不小心咬到了。」

說著用手將嘴裡的東西摳了出來。破了一半的牙齒中，有顆不規則的石塊。灰濛濛的石塊，大約半截小拇指大。

「這麼大的東西妳都能吃進嘴裡，妳到底是有多餓啊。」其中一個朋友諷刺她。

女孩委屈起來，「我又不是瞎子，我嘴巴那麼小，怎麼可能把一顆指甲大的石頭吃進去。剛剛我用筷子夾飯進嘴巴時，明明沒看到石頭。」

「難道石頭是自己飛進妳嘴巴的？」另一個人打趣道。

這小插曲在三個女孩的打鬧和一個女生的牙痛中過去，直到第二天中午，梅雨才回過味來。那件事，居然是詭異事件的開端！

第十章 嚥不下的恐慌

只要是大鍋飯，裡邊總有些令你嚥不下去的東西。無論是小學、國中、高中，還是大學的食堂，無論衛生條件有多好。只要是人做的，就會有難以避免的非食材掉入鍋中。有可能是OK繃、有可能是塑膠袋、有可能是繩子、有可能是釘子，甚至還有人在食堂中吃到過保險套。

想想都噁心，誰知道保險套中的內容物是不是已經被吃進了你的肚子。誰知道從湯中撈出來的血跡斑斑的OK繃，它的原主人是不是帶有A肝、B肝，愛滋病等等傳染性疾病。

哪怕高溫消毒後，病菌死得差不多了，可仍舊會讓將它們吃進嘴裡的你噁心很長一段時間，甚至成為一輩子的噩夢和陰影。

梅雨小時候，大家的生活條件普遍都不好。我們就讀的學校本就是臨時改建的食堂，衛生條件自然差得有些不可思議。吃到雜物、蟲子……等等，甚至是老鼠都司空見慣。何況是石頭，在米飯裡吃到石頭，恐怕是再尋常不過的事。

雖然剛剛那個同年級的女生吃到的石頭太大了一些，如果只有那麼一個例子，並不能說明什麼。但是第二天到了開飯的時候，整條教學大樓的一樓走廊上，都傳來了此起彼落的慘叫聲。

「什麼情況？」那時候嘉聯家裡已經有一些小錢了，十二歲的他長得人高馬大，挺結實的。不過因為父母都忙，所以他也經常在學校食堂吃飯。

不知為何，嘉聯當初就相中了單薄的班長梅雨，一天到晚口花花的叫她媳婦，非她不娶。梅雨剛開始還惱羞成怒的暴打他，高高大大的嘉聯總是笑嘻嘻的，也不還手。見這傢伙狗皮膏藥一般打沒用罵沒用，梅雨終於報告了老師。直到老師請了家長，這二貨才肯改口。

整棟教學大樓的各個角落都傳來磕到牙齒的酸痛慘叫，在沒搞明白怎麼回事的人耳中，顯得何其壯觀，也異常恐怖。

「班長，妳沒事吧？」嘉聯叫「班長」叫得心不甘情不願。顯然覺得叫梅雨「媳婦」更順口。

梅雨摸著左邊臉頰，顯然是牙齒磕到了，痛得厲害。剛才她叫喚得不算大，可哪怕是聲音掩蓋在更加慘烈的其他人叫聲中，也被嘉聯這傢伙敏銳的聽到了。

「沒事。」梅雨從嘴裡挑出了一塊石頭。

灰色的石頭，和昨天那個女孩子嘴裡吐出來的一模一樣。這塊石頭哪怕被白米飯掩埋過，仍舊顯得老舊、噁心，骯髒。

「喂喂，班長，妳是有多餓啊。連這麼大的石頭都能吃進去。餓了就叫我啊，咱零用錢有的是。」嘉聯心痛了，看著梅雨手中指甲大小的石頭。

梅雨皺了皺眉，她窮到吃白米飯都是小口小口省著吃的，哪怕注意力都在書本上，但這麼大一顆石頭，怎麼會沒注意？

突然，嘉聯倒吸了一口冷氣。

只見不光梅雨，她身旁的同學陸陸續續從嘴裡掏出了一顆小石頭來。和她嘴中掏出的石頭完全一樣。

「這石頭好噁心！」有個女孩將石頭扔到了地上。

事後梅雨才明白，同一時間吃到那石頭的學生，還有幾十個人。大家都沒有注意到石頭是從哪裡來的，那麼大的石頭放在飯中，輕則牙齒磕流血，重的牙齒都磕掉了一大半，簡直是搞謀殺。

吃到石頭的同學們非常憤怒，大家一起跑到一樓的食堂找做飯的阿姨興師問罪。食堂阿姨非常委屈，她揭開飯鍋解釋，「我煮的大米飯乾淨著呢，都認認真真的淘過。要真像你們說的吃到了那麼多，那麼多。嗯，我來數數，一、二、三……飯裡哪可能有幾十顆指甲大小的石頭。你們當我煮的是石頭飯啊！」

食堂阿姨大嗓門的解釋了一通，可憤怒的小屁孩們哪裡聽得懂解釋。將她圍得水泄不通的要說法，直到將校長都驚動了。

講到這兒，梅雨看向我，「當時你也跑出來看熱鬧。」

我淡淡道：「我這種好奇心重的人，有熱鬧不看才奇怪了。」

「對啊，你就是這樣的人。不過，當時你說了一句話，我至今都記得。」梅雨輕聲說：「你說那口做飯的大柴鍋確實不可能有幾十顆石頭，從機率和容積上計算，都算不通。」

梅雨也是最先冷靜下來的一批人。她直覺的感到有些怪。經歷過黑影事件後，我跟一班的梅雨等人算比較熟悉了。她跟我一起跑到做飯的鐵鍋前瞅來瞅去。鐵鍋裡還剩下一點白米飯，我用鐵鏟子用力鏟了鏟，剩下的白米飯乾乾淨淨的，一顆石頭都沒有找到。

這太不科學了！

梅雨大為驚訝。本來抱著看熱鬧心態的我，同樣也很驚訝。我對那件事的記憶早已經莫名其妙的模糊了，但是梅雨的講述，讓我一段一段的將失去的段落又撿了回來。

「妳怎麼吃到石頭的？」我問梅雨。

假小子梅雨搖頭，「不知道。」

我又問了其他幾個吃到石頭的同學，古怪的是，居然沒有一個人清楚那些石頭是怎麼進嘴巴的。就彷彿那石頭突然出現在了飯中，躲過了人類的視線，鑽入了人的嘴裡。

「難道這些石頭，在食堂阿姨做飯前並不存在。直到打飯給同學時，才被人惡意地放進去的？」我百思不得其解。

梅雨同樣也無法理解，「但是誰會幹這麼無聊的事情？食堂人手不多，只有兩個阿姨而已。而且做飯的和打飯的還是同一個人。」

她的推理無懈可擊，我小大人似的摸了摸下巴，「難道這些石頭真的是突如其來出現的？」

突然，我「咦」了一聲，轉頭對小梅雨和小嘉聯大聲道：「你們馬上把這些吐出來的石頭收集起來，這些石頭的模樣，有些奇怪！」

說完我急匆匆的在地上自顧自的撿起了那些古怪的石頭。梅雨和嘉聯愣了愣，連忙照著我的話忙活起來。

我們三個冒著眾人的驚訝，從一樓撿別人吐出來的石頭一直撿到了六樓。數了數，大約有四十八塊之多。四十多個指甲大小的石頭被我並排在教室走廊的地上。密密麻麻的，看起來非常扎眼。

「就是些石頭嘛，有什麼好古怪的。」嘉聯咕噥著。

我摸著下巴，「這些不是石頭。你看它們的形狀。」

梅雨仔細盯著，突然用力拍了拍額頭，「它們果然不一樣，雖然大小差不多，但是形狀不同。」

我點頭，「不光是形狀不同那麼簡單。你們玩過拼圖嗎？」

「拼圖？」梅雨愣了愣。嘉聯道：「我玩過，我老爸無聊的時候就喜歡玩拼圖。那東西太麻煩了。」

「我覺得，這些石塊邊緣的鋸齒並不是沒有規律。咱們試著將它拼一下。」十多歲時候的我一邊指揮他們，一邊跪在地上撅著屁股拼湊起石塊來。

事實證明，我的推測並沒有錯。石塊邊緣的鋸齒果然能拼湊在一起。整個午休時間，我們三人都在忙活。

四十多顆石頭根本不完整，我們辛苦艱難地根據邊緣的模樣，拼成了一個大約一百二十公分高，幾十公分寬的長方形，但內部空了很大一部分。

梅雨很驚訝，她甚至開始害怕了，「夜不語。你說，這些石頭會不會是被什麼人從一整塊石頭上切割下來，一點一點放入我們的飯中的？」

「可誰會幹這種莫名其妙的事？」嘉聯縮了縮脖子：「要把一整塊石頭切成指甲大小的幾百顆，那費的功夫太大了。」

我撓頭。中午的事件明顯是人為的，但是那個人為什要幹這種事？他的動機是什麼？我一無所知，甚至猜都沒法猜到。

那天下午，一件更驚人的事情發生了。有個同學發現教學大樓一樓的外牆上，出現了一個高一百二十公分，寬達八十公分的洞。接近一平方公尺的牆壁，不知被誰挖空了。

小孩子都喜歡看熱鬧，聽到這件事的嘉聯連忙跑來獻寶似的告訴梅雨。梅雨又跑到隔壁班找到了我。

「夜不語你聽說了沒有，樓下外牆出現了一個洞。」梅雨和我對視一眼，我們的視線裡交換著同樣的想法。

我沉默了一下，「去下邊確認一下吧。」

我們三人來到一樓，樓下已經被學生們圍得水泄不通。好不容易才擠到第一排，我們果然在外牆看到了一個洞。這洞的切口乾淨整齊。深度大約十公分。

實在無法想像，掏出這個洞的傢伙究竟是用了什麼工具才把裡邊的磚石給弄出來。在我的知識體系裡，哪怕是當時歐美國家最先進的挖掘技術也做不到。

周圍的同學議論紛紛。有人甚至困惑地問，「這個洞是不是原本就有啊？」

「怎麼可能，笨蛋。昨天我還打掃過這面牆。」有人反駁。

還有人形容道：「我覺得這個空洞就像是用勺子挖了一塊冰淇淋出來，太渾然天成了。」

就是這句話，令我打了個激靈。

我拉著梅雨和嘉聯離開了。走回六樓的教室前，將搜集的石塊從抽屜裡取了出來：

「班長，妳覺得那些被人吃進去的石塊，會不會就是咱們教學大樓缺掉的外牆的某一部分？」

梅雨點頭，「大小和厚度跟我們拼出來的一模一樣，哪有那麼巧的事情。」

嘉聯本來還傻傻地聽著，聽懂了，怕得顫抖了好幾下，「喂喂，你該不會是說，我們的學校食堂裡有人惡意餵咱們吃外牆吧？」

「恐怕這就是事實。」我看了他一眼。

「這太離譜了。」嘉聯用力搖頭，無法接受，「不可能，絕對不可能。我怎麼想都覺得夜不語你小子的推理有問題。誰會費力地挖出外牆，切割成小塊後偷偷放在飯菜裡餵給同學吃。如果是惡作劇的話，這惡作劇也太離譜，太高難度了吧。」

「如果說一個惡作劇已經超越了我們的理解能力，那麼，我就不會將它當作是惡作劇了。」我撇撇嘴，「恐怕，這絕非什麼惡作劇。幹這件事的傢伙，有他的目的。而且目的絕不簡單，甚至很可怕。」

用膝蓋想，都會覺得可怕。有誰會用我們不清楚的方法切下外牆，再神不知鬼不覺的放入小學生的碗中。而且明明知道那麼大的石頭小學生的小嘴巴吃不進去，最終會被發現，後果只是磕破牙齒而已。

但那個人卻真的做出了這種令人摸不著頭腦，也搞不懂他會得到什麼好處的事情。人是利己的生物。哪怕是變態，他背後也有著一套正常人不懂，但是他自己很認同的邏輯。但唯獨這件事，我找不到它的邏輯在哪兒！

梅雨是乖乖好學生，她猶豫道：「要不要告訴老師？」

「還不用，誰會相信我們呢。」我搖搖頭，「再等等，先搜集一下證據。」

當天的事情，就這麼在整間學校的喧鬧中流逝了。直到第二天，所有人才驚然發現，事態朝著失控的方向越演越烈。

第二天一大早，教學樓的外牆上，又出現了一個一模一樣的洞。兩個洞的長度、寬度和厚度完全相同，一樣的切割得整齊光滑。完全是以同樣的手法被同樣的人挖走。每個經過外牆的學生，都有些人心惶惶。

之後，恐懼在中午的時候，達到了頂峰。

所有在學校午餐的學生，都無一例外的從飯菜中吃到了指甲大小的石頭。大家憤怒地去找食堂阿姨，食堂阿姨也歇斯底里了。指天罵地的說自己沒有在飯菜中加石頭。在老師的見證下，一百多個牙齒受傷的憤怒小學生搜查了食堂，然後，驚恐的發現食堂阿姨沒有錯。

食堂的飯菜裡，沒有任何石頭。

第三天，教學大樓的外牆神秘的出現了第三個洞。那天沒有人去食堂打飯，有能力的都從家裡帶了飯菜，沒能力的也因害怕吃到石頭，在學校外邊的餐館打飯。

結果厄運仍舊不打算放過在學校吃飯的任何人。

所有將飯菜帶進學校吃的學生們，哪怕再小心翼翼，再確認又確認自己的飯盒裡沒有石頭。可仍舊無一例外的突然吃到了石頭，磕破了牙齒。

每個人，都害怕了。

事情，越發的詭異。甚至有同學懷疑學校是不是鬧鬼了。

「再之後的幾天，事情更加糟糕。最終不只是吃飯，就連嚥口水，也有人突然發現嘴裡出現了石頭。指甲大小的石頭順著口水卡在了喉嚨，差些哽死他。」梅雨嘆了口氣：「人心惶惶都不足以形容我們當時的恐懼。」

「夜不語，還記得嗎？我們一直都在搜集同學們吐出來的石頭，搜集了很多很多。我們把那些石頭放在了六樓一間不用的教室裡，幾乎要堆了半間教室。」梅雨繼續道：「等搜集得差不多了。你走進了校長辦公室。三天之後，學校操場上蓋起了一排排簡易的教室。而那棟教學大樓，也在那天請了建築隊來拆除。」

「等等！」我突然打斷了梅雨，指著自己的臉：「妳說是我建議老校長把教學大樓拆除的？而且那頑固的小老頭還真聽了我的話？憑什麼啊，我當初不過是一介小學生而已。」

奇怪了，怎麼梅雨講的和自己回憶起來的，有些不太一致。

梅雨聳了聳肩膀，「可事實，就是如此。誰知道你在校長室裡說了什麼，總之你出來後，對我們說，別怕了，事情解決了！」

我捂著腦袋，有點懵了，「妳講的和我記得的，似乎有哪裡不太對勁。」

「你認為哪裡不對勁了？」梅雨眨巴了下眼睛。

我搖了搖頭，自己的記憶模糊得厲害，或許是我記錯了吧。

「舊校舍被拆的前因後果就是這樣。」梅雨摸了摸身旁冰冷的牆壁：「這棟建築物本不應該存在，早在十多年前就被拆除了。可是不知誰將它完美復原。我剛剛進來的時候還特意觀察過一樓的外側牆。牆根上被挖空的地方不在了，被填好了。」

嘉榮聽完，敲著腦袋說：「這個故事我隱約聽我哥講過，我只當它是都市傳說。沒想到居然是真的！」

「那我就更搞不明白了，十多年前有人將舊校舍的外牆餵給全校師生吃。十多年後，本來早就已經拆除的舊校舍，又在這不知道準確位置的黑暗地帶重建了一棟。」夏彤百思不得其解，「幹這種無聊事情的傢伙，究竟圖啥？」

「也許我們能在這棟樓裡，找到答案。」我同樣也無法理解。

現有線索實在太少，一切都如同掩埋在迷霧中的亂麻，不光理不清甚至連看都看不清。我大腦中能夠推測能夠猜疑的所有，不過是透過磨砂玻璃望風景，哪有什麼風光可言。但是，那個跑入校舍，偷窺我們，躲避我們的傢伙。說不定能給我們一個解釋。

由於那個逃掉的人影是往樓上跑的，所以一樓我們只迅速搜索了一遍。一樓五間教室，一個臨時食堂。格局都和我的記憶差不多。教室中老舊的木質桌椅，以及那用水泥刷上黑色油漆的黑板。一切的一切，都彷彿令我回到了小學時代。

一樓並沒有什麼發現。

我們四人上了二樓後，自己停在了樓梯口。

「在這裡我有一個建議。為了避免那傢伙趁我們進教室搜索的時候逃走。我們需要將人分成兩組。一組人守著唯一的樓梯口，一組人進入教室和走廊搜查。」我提議道。

夏彤深以為然，「很有必要。而且在你的建議上應該還要加一點，我們兩組人必須打亂重組。畢竟，我對你們不熟悉。你們也不一定信得過我。」

梅雨和嘉榮不是主導者，當然也沒反對。最終我和夏彤一組朝裡邊搜查，而梅雨和嘉榮則先守著樓梯。每一層人員都相應輪換一次。

就著半封閉走廊那昏暗的光，我和夏彤開始一間教室一間教室的進行探索。其實跟一樓一樣，二樓的五間教室也是桌椅整齊，黑板乾淨。一塵不染的地面和骯髒老舊的擺設，形成了極為怪異的反差。

沒有人的氣息，周圍的每一寸空間都靜悄悄的。整個世界都像死了似的，透著無邊無際的壓抑。雖然有大面積的窗戶，但是每間教室都不明亮。暗淡的光讓我心裡很不舒服。我們從一班搜查到五班，我甚至仔細的查了查擺放清潔用品的櫃子以及課桌的抽屜。

抽屜裡沒有任何東西，清潔櫃裡同樣沒有東西。

二樓有五個班級，一間教員辦公室。果然除了桌椅就是桌椅，沒有別的痕跡。我們平平安安的走回了樓梯口。

「有沒有發現？」嘉榮的視線只落在夏彤臉上。

夏彤搖頭，「我們在這兒幾天了，你也知道什麼鬼樣子。和之前一模一樣。」

嘉榮抱怨著，「搜個人而已，幹嘛看那麼細，拖時間。」

我苦笑。這傢伙明顯是在含沙射影。陷入戀愛中的人，特別是處於單戀中的人，只要有同類靠近自己喜歡的生物，就會處於戒備和攻擊狀態。有人說戀愛就是兩個長相比豬還要醜的人，還害怕對方會被高富帥或白富美搶走。

可惜，嘉榮的單戀註定和他的哥哥嘉聯一樣無疾而終。如同梅雨莫名其妙的就不喜歡嘉聯那樣，夏彤同樣也對嘉榮欠缺興趣。所以說，這哥兒倆的基因果然很相似，都有迎難而上的戀愛自虐傾向。

一層又一層，我們一直搜索到了六樓。由於是頂樓，這次不需要人守住樓梯，四個人一起找起了逃進來的陌生人。

梅雨和嘉聯走進了一班。而我，則徑直推開了小學六年級二班的門。教室門發出咯吱一聲輕響，打開了。

第十一章 可怕的線索

有些人有些事，從你的人生走過了，那就是走過了。很少有人會不斷地重複著重複著去回憶，因為人生並沒有那麼多值得回憶的事情。

人的大腦從來就擅長遺忘。它將一切都隱藏在腦細胞的深處，平時回味不過來，但是等到一旦有觸發點時，那本應該忘記的，一乾二淨的記憶，你才會發現，它仍舊在那兒，一分不多，一分不少的停留著。

我至今都搞不清楚，為什麼十二歲的時候，有關於小學六年級的一些記憶遺忘了。但從現有的線索判斷，當時的我，應該是主動選擇遺忘的。

以我過目不忘的可怕記憶能力，卻最終選擇主動遺忘一件事。那麼極有可能，那件事必須要忘記，否則就會出大問題。

可我為什麼非得要遺忘它？

難道是那段記憶我並不需要，除非等到觸及了某種條件，否則忘記比記得，更加有利。

極有可能。

我對自己很瞭解，自己不會做沒有意義的事。我再次回到了東坐一小。既然我回來了，那麼也就意味著我需要那段記憶。對於記憶，當時的我肯定設定了某種觸發方式，來令自己將回憶撿回來。

這樣一想，我對當初自己設限的「梅雨不能告訴我發生了什麼」就有了個可能性極大的猜測。那就是，梅雨雖然是經歷者，但是她無法作為客觀的旁觀者將整件事都講給我聽，只能說明一部分。

任何東西看不到全域，而只是道聽塗說一部分，都是最致命的。因為一葉遮眼後，帶來的通常是無法在危險降臨時，準確的預測危險到底有多可怕。

也就是說，這個黑暗空間，這個已經拆除但是不知為何又在黑暗空間裡重建的舊校舍中的危險，比我預計的更加難以估量？

該死。心裡有種越來越緊迫的迫切感，心臟總是被捏得緊緊的，難受得厲害。總感覺，可怕的災難隨時都會來到。如果不儘快做好準備，我們所有人，都會在這詭異的地方腐朽、死掉。

可我預設的觸發回憶的機關，到底在哪兒？

我推開了小學六年級二班的教室門，門傳來熟悉的咯吱響聲。我卻皺了皺眉頭。那聲音太熟悉了，熟悉到自己彷彿回到了十多年前。二班的門因為有點問題，所以每次開關門，都會發出刺耳的如同指甲抓玻璃的難聽聲響。

這一扇門同樣發出了那種聲音。這令我異常驚恐。細節部分都做得一模一樣，這裡，真的是重建的舊教學大樓？

我緩緩走入教室，來到曾經坐過的課桌前。課桌依舊，甚至上邊還有我無聊時用美工刀刻的字和醜陋的草畫。一模一樣，和記憶裡的一模一樣。這讓我越發的不安起來。

「我的手電筒就是在這個抽屜裡找到的。」一個聲音猛然從背後傳來。不知何時，夏彤走到了我身旁。

我轉身看向她，眼神裡滿是不可思議：「就是那個可以在黑暗中發光，內部刻著我名字的骯髒手電筒？」

「對。」夏彤點了下腦袋。

「怪了。為什麼我當年要從校長室偷這支手電筒？為什麼要在手電筒內寫自己的名字？什麼人又把那個手電筒放在了我小學時的課桌裡？難道，這其中有某個重要的理由？」我百思不得其解。

謎團越來越多，束縛得我異常痛苦。一直以來都可以依賴的守護女陷入了沉睡，直到現在我才發現，自己從前找死的行為其實都是有倚仗的。自己清楚的知道，無論我陷入什麼樣的險境，守護女李夢月總會破開重重困難、撥開層層雲霧，甚至就連宇宙壁壘都沒辦法阻止她來救我。

無論我有多聰明，可在絕對的異常狀態前，所謂的才智其實還不如李夢月的蠻力來得直接。

不過人生哪有那麼多如果。自己並沒有感傷太久，我拉開椅子，坐了上去。

「你們這幾天搜查舊校舍的時候，這地方就是現在這樣嗎？」我問。

夏彤回答，「沒變過。死氣沉沉的。你認為那個人躲在哪兒，只剩下三間教室沒查了。」

我搖搖頭，沒說話。

就在這時，搜尋緬懷完自己教室的梅雨帶著嘉榮走了進來。一進門，嘉榮就奇怪道：「咦，這個教室好亮啊。」

這一句無心的話，令屋子裡所有人都竄起了一股惡寒，毛骨悚然的感覺隨之而來。對啊，這間教室確實比外邊的任何地方都亮。亮得陰晦氣息都一掃而空。剛剛還帶有負片效果的環境，在這光明中顯得舒服了許多。

但是，為什麼會這麼亮，為什麼唯獨這間教室這麼亮？

我們四個人，不約而同的抬起了腦袋。

六年二班的教室，唯獨這間教室的燈，不知何時，點亮了！

這是怎麼回事？燈是什麼時候亮起來的，敏銳如我都完全沒有發現！我們四人面面相覷了好幾秒鐘，我猛地轉頭問夏彤：「這個教室的燈一直亮著？」

「沒有，從來沒有。我找到手電筒時，教室的燈都是暗的。而且你搜查其他教室的時候也發現了，這棟舊校舍沒有電。」夏彤斬釘截鐵地說。

可偏偏這間教室的燈亮著。事出反常必有妖。這棟樓的每一間教室，只要是我在搜尋，自己的的確確都有按電燈開關。舊校舍的所有燈都不亮。

怪了，沒有電的情況下，六年二班教室，為什麼會亮？這代表什麼？

「夜不語，那逃進來的傢伙也不在六樓。我們找了一圈都沒有找到他，難道他從我們不知道的某個途徑逃掉了？」梅雨不時擔心地往頭頂亮著的電燈看。

「不，他肯定還在這棟樓中，只是躲得很好。梅雨，沒有誰比我們更瞭解舊校舍。這裡沒有別的出口。除非他跳樓。」我輕聲道。

舊校舍和黑暗世界的邊界交融得非常詭異。樓前尚且還有一塊不大的操場，但樓後隔著教室的玻璃，便是黑暗的風景。沒有人有勇氣打開窗戶，畢竟光明和充滿怪物的黑暗，只剩下那薄薄的一層玻璃來維繫著而已。

如果推開窗戶想要跳下去，那麼跳入的根本不是充滿光明的安全地帶，而是遍佈危險的黑暗。既然那個人寧願逃進舊校舍也不願進入黑暗世界，那麼用膝蓋想也猜得到，他自然不會冒危險跳樓。

「這段時間發生了許多事情，疑點太多了。還是來整理一下頭緒吧。」我示意大家找凳子坐下，從口袋裡掏出一本記事本，用筆畫了幾根線條，重重地寫畫起來。

「我按照先後順序，把發生在我們兩組人身上的怪事都整理一下。希望能夠找到什麼關聯以及黑暗世界的漏洞。哪怕只有一丁點線索，都對現在糟糕透頂的狀況很有幫助。」我看了梅雨一眼。

「首先是十年前，我們十二歲，讀東坐一小六年級那年。一個早晨，我突然在這棟舊教學樓裡發現了一個黑影。那個黑影隱藏在黑暗中，只有光明才能驅散它。黑影被我打開走廊燈，驅趕到了六樓一班的教室。之後，我遇到了梅雨、嘉聯……等三個提早上學的同伴。」

「之後的事情我就記得不太清楚了。只知道沒過幾天——」

梅雨打斷了我，「是黑影事件的一個禮拜後。」

我點點頭，將時間寫在了記事本上，「一個星期後，在學校食堂中打飯的學生發現飯菜中摻雜著古怪的石塊。石塊是一大塊被切小後放進去的，來源疑似舊校舍一樓的外牆。」

「然後我似乎找到了某種證據，說服了校長，拆除了舊校舍。雖然我的記憶模糊不清，但是關於舊校舍的拆除，自己倒是還記得。」

梅雨補充，「舊校舍拆除後不久，你叫上我們一起去行政大樓偷校長的手電筒，也沒說要幹嘛。又過了幾天，你就轉校了。轉校之前還千叮嚀萬囑咐，說在這個小城市如果遇到怪事，就聯絡你。如果你失憶了，千萬不要告訴你失去的記憶是什麼。」

說到這兒，梅雨嘆了口氣：「我不明白十多年前的你說這句話是什麼意思，但現在想來，肯定是有你的理由的。畢竟十多年後果然發生了怪事，你也確實沒有了那段記憶。」

我沉吟了一下，苦笑。自己從來都為自己的智商驕傲，但是十二歲的我到底在搞什麼，我現在反而摸不著頭腦了。高智商和失憶混在一起，絕對是塊雙面鋼化玻璃，擱在明明看得到卻偏偏打不碎的兩面，讓我跨過去異常艱難。

「十多年後，我們各奔東西。梅雨在藝匣私立學校當實習老師時，發生了石碑事件。」我在「石碑事件」上，寫了時間——九天多前。

「梅雨還記得小學時我離開的吩咐，費盡心思聯絡上我。而在我回到這座小城的前兩天，萬聖節當夜。」我在記事本上寫了日期「兩天前」，「夏彤、嘉聯的弟弟嘉榮、她的同學倉扁和譫語到快要倒閉的藝匣樂園參加萬聖節狂歡派對。」

「夏彤等人在走入樂園的中國風鬼屋後，找不到出口。最後進入了黑暗空間裡。」

「而兩天後，我回到了這座小城。梅雨帶著我和嘉聯去了藝匣私立學校尋找操場上不斷長出石碑的秘密，然後就再也沒走出石碑林，陷入了黑暗空間裡。」

眼下的線索，就只有這麼多，時間線明確，但是主線不明確。所有的線索都是散亂的，根本連接不到一起。

我皺了皺眉，看著筆記本上沒有多少行的線索，現有的資料表明，嫌疑最大的就是藝匣集團。兩個出事的地點，都發生在了他們家的地盤上。

用筆在「藝匣集團」下方重重的畫了記號，我抬頭：「現在沒有網路，我查不到他們家的狀況。不過嘉榮，你是本地富二代，應該對這個藝匣集團的董事會有所瞭解。介紹一下他們家的情況吧。」

嘉榮猶豫了一下，「藝匣集團沒什麼可疑的，我家在這個集團有參股，也算是董事會成員。」

他指了指自己的鼻子，「藝匣集團的總裁姓張，叫張彪，沒什麼文化，小學都沒畢業。由於前幾年規模擴張太快，導致最近現金流出問題，而像我們這些資方也不願繼續投錢進日落西山的建築業。但是張彪的女兒最近大學畢業從國外回來接手了藝匣集團，這次萬聖節狂歡就是她的最終一搏。失敗，藝匣樂園就會倒閉。」

聽嘉榮的描述，藝匣公司挺正常的，沒有值得懷疑的地方。但這僅僅只是一面之詞，我聽不出毛病，也限於無法用手機連網，更無法借用老男人楊俊飛的調查網，只能半信半疑。

「下一個疑點。」我用筆敲了敲桌子，「十年前，我們在東坐一小吃進去的牆體是什麼？而十年後，長在藝匣私立學校操場上的石碑，又是什麼。它們之間，有沒有任何關聯？」

這個問題一出，夏彤「啊」的一聲，立刻反應過來，「你的意思是說，操場上的石碑和你們十年前吃進去的牆體，有可能，是同一種東西？」

親身經歷過整件事的梅雨也醒悟了，全身打了個冷顫：「對。我怎麼沒想到。十年前舊校舍外牆上突然出現的洞，和現在藝匣私立學校出現的石碑，大小根本一模一樣。」

我點頭，「在妳講述十年前的『外牆』事件時，我已經想到了這種可能。或許當初摻入學生飯菜中磕破我們牙齒的石塊，就是分成了無數塊的某種『石敢當』。也就是現在藝匣私立學校操場上肆意滋長的石敢當碑林。」

但是為什麼？為什麼舊校舍的牆體，會在十年後，在藝匣私立學校的操場上長出來？

「我有一個問題。」在我思考的時候，高智商的夏彤提問了，「會不會藝匣私校跟你們的東坐一小是同一個地方？」

還沒等我開口，梅雨已經搖頭了，「不是。」

「確實不是。」我回答：「在我去藝匣私立學校的路上，就已經查過地圖了。東坐一小在東坐街上，距離梅雨實習的地方，直線距離至少好幾公里，是城市的東南方。」

夏彤困擾道：「那也就是說，十年前和十年後的東坐一小和藝匣私立學校，表面上看是有關聯的。因為舊校舍的牆體，就是藝匣私立學校操場上的石碑。可地處位置又是沒有關聯。再加上我們去遊玩的藝匣樂園，更在十幾公里外的城郊了。哎，這叫怎麼回事？」

我緩緩地搖頭，「非要說沒有關聯，或許也並不是真的。當排除了一切可能後，最後一個可能性，就是真相。套用奧卡姆剃刀原理，最簡單的，也許便是最有效的。可能，我們的思緒一直都陷入死角中，過於重視相似性了。」

「什麼意思？」身旁的人都沒聽懂。

我沒先解釋，反而轉頭問梅雨：「班長，十年前東坐一小舊校舍拆除後，建築垃圾放哪兒了？」

梅雨想了想，「好像是運到了附近的垃圾堆運場。」

「垃圾堆運場在哪兒？」我眯著眼，在筆記本上畫出了記憶中的城市地圖簡圖。

「你的記性真的是 Bug 般的存在。這種東西都能記住，十多年後還不會忘。可本該記住的，你卻偏偏忘記了。」梅雨複雜的看了我一眼，指著地圖的一角：「在這兒。」

她指的位置位於郊外，離城市十多公里處。

夏彤和嘉榮同時驚訝道：「這，這就是藝匣樂園的所在地！」

「再看看這兒。」我指著現在藝匣私立學校的位置，「這個地方沒記錯的話，十多年前是化工廠。這裡的土地被嚴重污染，本來是不應該建築學校和公寓的。但是由於城市化太快，污染地塊變成了極為優良的教育基地。藝匣集團大概把整個地塊的污染土都挖空了，通過了環境評測。但是土被挖走後，回填土就不夠了。」

我在藝匣私立學校和藝匣樂園之間畫了一條線：「所以最有效的辦法，是將藝匣樂園剩餘的土回填進藝匣私立學校。」

梅雨嚇出了一頭冷汗，「夜不語，你的意思是說，藝匣私立學校和藝匣樂園唯一的關聯，其實是土。它們都用了當年從東坐一小拆除的舊校舍的牆磚石塊和廢料。」

「沒錯。」我點頭。

夏彤嘆服道：「這確實是最大的可能性。不過我還有最後一個疑惑，你們一直都在談論當初是四個小學生遇到了黑影事件。夜不語你、梅雨、嘉榮的哥哥嘉聯。還有最後一個人，是誰？」

問題剛落，一股毛骨悚然的感覺，從我的腳底冒了上來。我和梅雨面面相覷，對啊，怎麼自己一直忽略了，那最後的一個人？

「妳還記得他，是誰嗎？」我艱難地問梅雨。自己完全不記得那個人的名字模樣，只知道他存在。

梅雨緩慢的搖頭，她的聲音在發抖，「不記得了。我只知道他是我班上的，很沒有存在感。之後也跟我們一起行動了，可我偏偏想不起他的長相和姓名。」

「我也一樣。」我嘆了口氣。

他是誰？為什麼不光是我不記得，就連記憶沒出錯的梅雨，也忘了他的存在。這個人有那麼透明嗎？他的性格、他的一切，都隱藏在我們的回憶背後，如果夏彤不提醒，我們根本不會意識到一直以來，他都在我們身旁。

「他都在我們身旁？」梅雨突然喊叫起來：「不！應該說，他都在我身旁。一直都在我身旁。」

「什麼？」

「他都在我身旁。」梅雨的聲音隨著驚恐越來越大：「你還記得我提過，我讀大學的時候一個人孤獨的快要崩潰了，那天是我的生日，聽到灑水車唱著生日快樂從我租住的地方開過嗎？我以為那只是偶然，還很文青的感動到現在。現在想來，那個開灑水車的人，長相很熟悉。應該就是那個小學同班同學。」

我瞇了瞇眼，難以置信，「都這麼多年了，妳怎麼可能光憑長相，判斷出他就是那個人？」

「所以我才會說，他一直都在我身旁。」梅雨打著寒顫：「小學畢業，國中、高中，甚至大學。那個人都不曾離開我太遠，一直都在我身邊，所以我才能認出他。可他實在是太沒存在感了，又沒有故意接近我。所以我記不起來。」

這讓我也怕了，「妳簡直在描述一個可怕的變態。」

「但是單純的變態和現在詭異的狀況連結在一起，就不太單純了。」夏彤抱著身體，她光是想了一下有這麼一個變態在身旁，都覺得毛骨悚然，怕得很。

梅雨也抱著身體發抖，「這樣一想，似乎每到我生日的時候，都能隱約聽到有人在放生日快樂的歌曲。一直以來都覺得是偶然和幸運，恐怕都是那個不知名的同學在放給我聽的吧。」

那個人到底是誰？究竟是誰？為什麼所有人都記不得他？如果真如梅雨所說，他就是她身邊的一個影子，一直都在跟蹤她，卻不接近她。這種變態，又和現在的糟糕狀況，有什麼聯繫呢？

最主要的是，他是誰？

十年前的我，為什麼非要失憶？難道不是和舊校舍、甚至不是和那個襲擊我的黑影怪物有關？而是和那個不知名的同學有關？

會不會，我留下了線索，就是為了提醒自己，他的存在？他是怎樣的存在？失憶，性格透明讓你記不住的人。都是和記憶有關……

我的腦子亂了，但是亂過之後，突然有了條明晰的線。無論如何，如果自己的故意失憶和這個男同學有關，那麼我留下的線索，肯定帶有隱喻色彩。失憶，記不住，黑暗，光明……

自己猛地明白了些什麼，大聲道：「夏彤，把妳手裡找到的手電筒給我。」

我把遞過來的手電筒握在手裡，用力地拆開。裡邊，就在燈泡下方的集光罩下邊，更多的字露了出來。

這就是我留下的線索，太好了。終於被我找到了。真相，就在眼前！

就在我們要看清楚手電筒中自己十年前寫下的字時，突然，六年級二班的燈滅了

——黑暗，降臨！

第十二章 關燈後

誰將燈關了？

是誰把燈關掉的？

黑暗中，原本以為終於接近真相的我的所有的動作，都停滯了。黑暗在蔓延，原本還有微弱光明存在的教室，瞬間變得漆黑一片。

教室中的四個人，全都呆住了。黑暗世界和我們僅僅隔著一扇窗戶，玻璃外無邊界的暗，在誰將燈關掉的剎那，侵襲過來。

「所有人，都抓住我。」我在眼睛無法視物的空間中，大喊了一聲。僵硬的眾人，連忙伸出手，僅僅靠著記憶抓住了我的胳膊。

四個人，四隻手，將我抓得牢牢的。

「別慌。先搞清楚究竟發生了什麼。」我用儘量平緩的語氣說。

「剛剛怎麼了？怎麼沒光了？」夏彤的聲音還算平靜，「這實在不對勁。明明這棟樓是有光的，哪怕被別人關了燈，走廊的光線也會透過玻璃照進來。為什麼現在卻什麼都看不見了。」

「我也很想知道答案。」我苦笑。

梅雨猜測，「是不是躲進舊校舍，至今還沒被我們找到的那傢伙關的？」

「有可能。」我回答。

夏彤冷靜的問：「梅雨前輩，妳不是說有個變態從小學開始就在跟蹤妳嗎？剛剛那個人，會不會就是他？」

「不是，絕對不是。」梅雨搖頭：「我認得出來。」

人的記憶就是這麼奇怪。明明是記不住的一個透明人，你卻因為他經常在身旁，哪怕是餘光掃到，次數多了，也記住了。梅雨不記得他的長相、特徵、聲音，樣貌甚至名字。但是只要意識到了他的存在，只要那變態再次出現，班長一定會認出他來。

「先到走廊上去，黑暗既然來臨了，黑暗中的不知名怪物恐怕也會跑過來。誰知道這些玻璃能不能抵擋它們。」我將手電筒握在手裡，站起身。

可就在起身的瞬間，自己突然想到了什麼，整個人都顫抖起來。一絲冷汗，從額頭滑落，順著臉頰，滑入了黑暗地面。

四隻手？怎麼會有四隻手？我們總共只有四個人，除了我外，僅僅只剩下三個。三個人怎麼會有四隻手抓住我？

有個陌生人，在我身旁！

我的身體在發冷，靈魂在顫抖。一陣陣的陰寒從毛骨悚然的恐懼中不斷滲透進意識中。我身體的僵硬只保持了一秒鐘，就恢復了正常。我讓自己儘量冷靜，不動聲色的判斷著，那個陌生人的手，究竟是哪一隻。

自己要抓住他！一定要抓住他！哪怕他不是一直跟蹤梅雨的變態，恐怕也有可能知道些內情。否則，為什麼會在黑暗空間裡出現？

可，哪隻手，才是他的呢？

我回想著剛才的記憶。我坐在自己十年前原本的課桌上，自己的位置處於教室中間，也就是第四排中段。我的左邊站著夏彤，而後進來的梅雨以及嘉榮站在我的右手邊。所以梅雨和嘉榮應該就近抓著我的右胳膊，夏彤會抓住我的左胳膊。

但是我的右邊胳膊，出現了三隻手。人的左右手握著同一個地方時，會大拇指朝內，相對著抓住，這讓我很容易分辨出左右手。也是自己很快發現多了一個人抓著我的理由。我的右胳膊上，抓著三隻左手。

梅雨在中間，還是嘉榮在中間？多出的那個人，站在誰身旁？其實要判斷它，並不算難。我不想打草驚蛇。儘量正常的開口道：「梅雨，妳還記得教室門在哪兒嗎？大家不要放手，儘量以同樣的步伐移動。」

「記得啊。」梅雨奇怪道：「以你的記性，怎麼會忘？」

糟糕！我在心中暗叫糟糕，梅雨一句反問就讓情況陷入了最糟的狀態。我沒再猶豫，確定了梅雨的位置後，以手裡的金屬手電筒，拚命地朝自己認為的多的那一個人敲去。我想要敲他的下巴或者後腦勺側面的位置。

這是楊俊飛教的，也是少有幾個能利用我不算好的體力做到的防身術。只要那傢伙被我敲中，若是正常人，就會暈過去。

自己由那人的手的大小，判斷出他應該只有一百七左右。敲的位置剛好，也確實敲中了。多的那人並沒有發出慘叫聲，他反手過來，一把抓住了我手裡的手電筒，用蠻力搶過去，之後拔腿就逃。

「有人？有陌生人！」剩下的所有人都聽到了打鬥聲，他們意識到了除了自己以外，還有別人同樣存在於這片黑暗中。

每個人都嚇得不輕。

只聽見不遠處傳來教室開門的聲音，這時也從門的縫隙裡流瀉出一絲絲的光。光刺破了黑暗，暗無天日的周圍，傳來了一陣陣猶如銼刀切割玻璃的慘叫。那個傢伙逃掉了，不知為何還搶走了手電筒。

最糟糕的是，由於他背光，我們只看得清他的背影。

「是他，就是他。」梅雨歇斯底里地尖叫：「就是那個一直都潛伏在我身旁的人。」

「追！」我大喊一聲。不追也不行，如果不能逃出六年級二班的黑暗，鬼才知道剛剛不知何時進入教室的那些怪物們，什麼時候會將我們五馬分屍。

我們四個人就著門縫隙的最後一絲光線，拚命地衝出了教室。

大家都高估了自己的體力，當所有人都跑出去，進入稍微光亮一些的走廊時，我們全部氣喘吁吁地彎著腰，喘息不止。費腦的討論之後便是關燈後的驚嚇，一驚一乍的跑了十多公尺，竟然發現體力不支了。

哪裡還顧得上追那個變態。

六樓的走廊空蕩蕩的，變態也早不知道了去向。

休息了一小會兒，夏彤才驚魂未定道：「沒想到這棟舊校舍裡不止一個陌生人。既然有一個、有兩個，誰知道會不會有第三個。」

「最可怕的是，那兩個人說不定一直都潛伏在校舍中，我們待了兩天都沒發現。如果他們有惡意，我們可能早就完蛋了。」嘉榮也害怕不已。

「有沒有惡意我不清楚，但是跟蹤梅雨的變態，把我的手電筒搶走了。」我看著空蕩蕩的右手，有些發愣。

梅雨皺眉。「他搶手電筒幹嘛？想要逃進黑暗世界裡。」

我搖頭，「或許是因為，手電筒中果然是記著關於他的資訊。我失憶，就是為了多年後提醒自己，記起他。」

那個一切都泛著神秘的怪異傢伙，憑什麼值得我拚著故意失憶的代價，也要將他記住？他和當年的黑影、現在的黑暗世界，以及舊校舍引起的怪事有某種關聯嗎？

不！我從來都不是一個隨便的人，甚至可以說，我比任何人都趨利。哪怕當年我只有十二歲，我佈局耕耘那麼深，不惜失憶轉學。那麼，肯定是因為，對我有利。

不！不！恐怕不僅僅只是有利那麼簡單。

我深深地思索著，卻始終因為線索太少而勘不破迷局。一切的一切，實在是詭異到令人髮指。如果這是一部懸疑小說的話，我看到這兒，都會大罵作者沒有大綱的亂寫亂畫了。

但人生，畢竟不是小說。

我必須要破開迷霧，才能弄清楚當年我究竟佈了什麼局，我能從中獲得什麼。否則，我們幾人，永遠都無法逃脫這棟怪異的舊校舍。

線索！我不可能只留了一條線索。面面俱到才是我的風格，肯定有其他一條甚至幾條線索留在這棟舊樓中。

我的眉頭越皺越緊，梅雨伸手，握了握我，安慰道：「夜不語，別想太多了。車到山前必有路，我們會得救的。」

我點了點頭。

嘉榮環顧了四周一眼，這富二代突然「咦」了一聲，「各位，有沒有覺得走廊比剛才暗了一點。」

夏彤搖頭，「不，不是暗了。是亮了。」

「對對，確實是比剛才亮了。反差太大，我都糊塗了。」嘉榮怪叫道：「為什麼莫名其妙的變亮了？」

我抬頭，渾身一顫，之後艱難的沉聲道：「你們看頭頂。」

走廊的燈，教室中的燈。不知何時，舊校舍所有的燈都亮了起來。本來亮堂堂的空間應該讓人感到安全，可是我內心中一丁點欣喜也沒有，只有恐懼。

燈亮了，不知誰打開的。這並不是好事。

「你們看。」緊接著，災難降臨了。梅雨指著六樓走廊的盡頭：「燈，燈滅了！」

我們對面走廊上，燈，一盞一盞的滅掉，如同有人一根一根的吹熄了生日蠟燭。燈滅的地方，不再有微弱的光，只剩下黑暗。

黑暗裡無數難聽的叫聲在嘶吼，彷彿看不見的那片空間中盡是陰魂不散的鬼。我們四人光是聽那如慘叫般的聲音，就渾身發抖。

「跑。逃。」我發乾的喉嚨只來得及發出這麼兩個字，就逆著燈滅的方向逃跑了。

四個人一陣狂跑，和熄滅的燈在賽跑。

輸了的人，就會落入那股未知的黑色中，在濃墨裡不知生死。陰魂般的黑暗帶著刺耳的尖叫侵襲舊校舍的一切，不緊不慢，我們逃下了六樓，它追到了五樓。

燈滅與空間的崩塌，一刻不停的追逐著我們四人的腳後跟。

它，想要壓榨我們最後一絲力氣，耗盡我們最後一點生機。讓我們死亡在恐懼中！

終於，我們再也跑不動了。

「不行了。來不及了。」嘉榮最先停下來。我喘著粗氣，向後看了幾眼。

黑暗繼續蔓延，我們跑到了二樓，但黑暗將身後的所有都吞噬殆盡了。哪怕我們四人能繼續往前逃，可是，又能逃到哪兒去呢？

到了一樓，就是不大的操場。操場的四面八方都是無盡的黑暗。不管往哪逃，都是無處可跑。無論是什麼絕境，都應該會有一線生機才對。我的大腦迅速運轉，不停尋找這片詭異所在的漏洞。

這片席捲所有的黑色盡頭就快要將整棟教學大樓吞沒了，從走廊向外望去，操場似乎也沒有倖免。有如黑色的刀在切割奶油，割掉的部分，就會消失不見。

我們哪怕再往下走，也逃不掉了。難道就這樣坐以待斃，等著未知的可怕降臨？不，不對。肯定有辦法逃生才對。任何東西都有規律，這是個物質的世界，只要是物質世界，規律都大同小異。

對了，手機！

既然十多年前被我偷來的手電筒能在黑暗中用卻無法在舊校舍打開，那麼沒辦法在黑暗中使用的手機，會不會能在校舍裡發光呢？

黑暗害怕光，這是所有人都知道的常識。

「快，把手機掏出來，打開手電筒功能。」我竭盡全力地喊道。

梅雨等人一愣，「手機不是不能用了嗎？」

「聽我的，快。」我率先掏出手機，打開。太好了，自己猜對了。不知基於什麼原理，手機在按下電源鍵後，亮了起來。

我忙不迭地將 LED 閃光燈發出的刺眼光線射向眼前不遠處的黑暗。黑色被割奶油般，割開了。刺破黑夜的白光，一直破開墨色，遠遠地射了出去。一小塊走廊重新露了出來。

「怎麼可能，太沒道理了。怎麼手機又能用了。」夏彤驚訝了一下，隨即也打開手機。

每個人都打開手機，四個人，四束光，四個光圈。但是黑暗仍舊向我們的四面八方逼近。

我沉聲道：「全都背靠背站一圈，每個人都對準一個方向。我們要非常小心，否則一個不謹慎就會落入黑暗中。」

剩下的三人照做了，我們舉著手機將光刺向四個方向。黑暗終於將視線所及的所有都吞了下去，我們在四道光圈中保留下了唯一的淨土。光將黑暗驅趕到幾公尺之外，我們不敢倦怠，就這麼背靠背站立。

幸好黑暗只侵襲了前後左右四個面，上方和下方，並沒有被吞掉。這就形成了極為詭異的一幕，我們站在光源內，除了腳下的地板和頭頂的天花板，一切都陷於看不見的黑暗裡。

「我們要在這裡待多久？手都快要舉痛了。」嘉榮抱怨道。

梅雨額頭上冒著冷汗，「夜不語，我的手機電池撐不了多久。」

每個人的手機電池容量不同，而且進入黑暗世界後也一直處於待機耗電狀態，統一來說，電池最慢會在一個半小時後耗盡。留給我思考的時間，不多了。

「我們慢慢往前走，注意，不要走出這棟舊校舍。」我吩咐道。有些東西，我稍微有了眉目。但是許多線索還沒有理清楚。大腦中只有一個大概的猜測。

「夜不語先生，這地方越來越怪異了。」夏彤也在苦苦支撐，一個人玩手機的時候尚且不會覺得將手舉著有多累，但是真的在這恐怖的地方一直高舉著手機，那麼就是另一幅光景了。或許撐不到電池耗盡，就有人率先因為手臂疼痛而放棄。

還好，四個人裡，至少有三個都心智堅強，不到最後都不會妥協。

「我有一個猜測。」我想了想，最終還是決定將那個不成熟的猜測說出來：「聽說過時間晶體假說嗎？」

夏彤愣了愣，「當然聽過，前段時間我還在科學雜誌上看過一個物理團隊寫得相關的文章。但是，時間晶體並不是指時間的結晶體，而是物質的一種新的形態。所謂時間晶體是指這種物質的原子結構不僅僅只在空間的層面上展開，同時也在時間的維度上重複。並且能夠處於一種無能量的震動狀態。它跟這棟舊校舍有關？」

「看來妳的物理真的很好。」我嘆了口氣：「一直以來人類所研究的物質都是處於平衡態的，例如金屬與絕緣體等。但是時間晶體理論，證明了宇宙中還有其他的處於非平衡態的物質。地球是宇宙的一部分，雖然所佔非常微小，但同樣也是如此。」

「你在懷疑，這棟舊校舍，乃至整個黑暗空間，都屬於時間晶體狀態？」夏彤臉色發白：「這怎麼可能！」

「妳看看我們所在的空間，對正常空間而言，太矛盾了。這種矛盾，正符合了時間晶體處於基態時的狀態。」我環顧四周。黑壓壓的黑暗被光明驅趕，但是濃而不散去，沒有光的邊緣，就是鋸齒狀的濃，濃得彷彿變成了固體。

夏彤猶豫道：「時間晶體，確實處於基態，哪怕它處於基態時，物質的最低能量狀態仍然能夠呈現出震動的物質。這確實和通常情況下的物質是相反的，畢竟其他的物質處於基態時，零能量狀態的系統無法呈現出任何運動，因為任何的運動都需要能量。但是對時間晶體卻並非如此。」

學習成績一直很好的梅雨也加入了討論，「我記得前段時間看到一篇報導，說國外某個團隊已經製造出了時間晶體。這個和你們現在提到的時間晶體，是同一回事嗎？」

「那是馬里蘭大學的團隊，他們製造的晶體，和我說的有些地方相同，有些地方不同。」我點點頭，又搖了搖頭：「那個團隊製造出來的時間晶體，是物質的晶體，但是比尋常的晶體多了一點時間的屬性。通常的晶體物質，例如鑽石，在它們的基態是處於靜置的，因為它們在基態同時也是處於它們的平衡態。

「但是時間晶體的原子結構不僅在空間上延伸，並且在時間上也延伸。這種特質使得時間晶體處於基態時卻不處於它的平衡態，所以它能夠表現出這種零能量的震盪行為。」

「喂喂，說人話，我又不是學霸，我成績不好，我懺悔。但是你們三個不要用我聽不懂的語言來討論。行不行？」嘉榮這個富二代書讀得少，完全沒聽懂。

其實不要說是他，梅雨也不怎麼懂我跟夏彤究竟在隱喻什麼。但是夏彤懂，她跟我眉來眼去半天，在危機中，大腦不停，搜尋著逃出生天的辦法。

夏彤的視線在四面八方掃射，「馬里蘭大學所製作的時間晶體是透過採用十個鐿離子的康加線產生的，所有的離子都具有處於量子纏結態的電子自旋。」

說到這兒，女孩突然全身一震，「為了製造時間晶體，那些研究人員必須讓這組離子處於非平衡態。他們使用了兩組雷射週期性的轟擊它們，一組雷射製造一個磁場，另一組雷射改變原子的自旋方向。由於所有原子的自旋方向都是處於糾纏態的，所以最後這組原子就進入了一個穩定的重複的自旋方向改變中。」

我知道她完全懂了，繼續道：「當研究人員使鐿離子進入了這種狀態後發現，它們開始產生了自己的震動頻率，它們自身的震動頻率和雷射所照射的頻率並不一致。這就表現出了時間晶體的特性。在不同的磁場和雷射下，時間晶體所表現出的相也不盡相同。你看，和我們現在所處的環境，多麼相似？」

說完後，夏彤和我眼神對視，我們的視線在空中無聲的交流了一番後，我說道：

「妳知道該怎麼做了吧？」

「知道了。」女孩斬釘截鐵的點頭。

「那麼我數一，二，三，我們就行動。」我的臉上流露出了堅毅，「成不成，就在此一舉。」

「好，失敗了。頂多沒命罷了。人一輩子沒多少機會，能夠以身實驗科學，死了也值得。」眼鏡娘一直都冰冷的臉上浮現出一絲笑容，笑得很美。這個科學的理性女孩，恐怕是真的認為向自己最愛的物理學獻出生命，是件美好的事情。

可身旁的梅雨和嘉榮恐懼了。

「別啊，大哥大姐，你們什麼都不跟我解釋，我們要幹嘛？喂喂，你別數數啊！」嘉榮慘叫一聲。

我沒理他，數道：「一。」

梅雨額頭上冷汗更多了，她一動不動，緊張地看著我。同樣也不明白，我跟夏彤究竟想要幹什麼。她仔細地看著我的一舉一動，眼神裡滿是對未知的恐懼感。

「二。」數到了二。夏彤身體緊繃。

嘉榮害怕得快要崩潰了。

「三！」我數到了三，終於有了行動。

我和夏彤一腳，將嘉榮踢了出去，踢進了黑暗中。黑暗中傳來一陣絕望的慘叫。

我理也不理，拽住梅雨的手，使勁地往相反的方向逃去。

「你幹嘛把嘉榮踢進去？」梅雨不明白。

我們藉著手機燈光，跑到了一樓。

夏彤沒理她，反而問我，「你什麼時候發現他是假的？」

「從關掉燈開始。在小學六年級二班的教室裡，他應該就被掉包了。」我沉聲道。

「什麼意思？嘉榮是假的？」梅雨嚇了一跳：「我完全沒發現。」

「我也是剛剛才發現的。」夏彤嘆了口氣，「我們每個人都朝一個方向點亮手機驅逐黑暗，唯獨我站的地方比較獨特。我的臉朝著走廊玻璃，藉著光，我看到了玻璃上的倒影。我們三人的影子都是正常的，唯獨嘉榮，只剩下了一道黑影。濃濃地不斷在散發著黑煙的黑影。」

梅雨恍然大悟，「那麼你們之間關於時間晶體的那麼長一段討論，都是在瞎說嗎？為了引起嘉榮的注意，然後迷惑他。」

我搖頭，「那不是瞎說，我們確實找到了離開這裡的辦法。」

「沒錯。」夏彤附和道。

「真的，什麼辦法？」梅雨驚喜不已。

我環顧了四周一眼，「這裡不安全，所以現在還不能說。妳跟緊我。」

將背上輕若紙片的守護女往上拉了拉，她仍舊在我身後熟睡著，一點都不清楚現在自己的主人究竟陷入了怎樣的絕境當中。我反手伸過去，摸了摸她的小腦袋。之後，再次望向周圍。

三個人重新回到了舊校舍一樓的走廊。

除了黑暗外，就只剩下我們手中的手機在散發著餘暉。暗無天日的世界，散發著強烈的死氣，翻滾著，像無數隻乾枯的手，想要拚命將我們拽入地獄。

「那麼我們現在要做什麼？」梅雨緊張地問。

我沒說話，示意她跟著我走。我們三人走過走廊，之後來到了一樓中間貼的那幅潦草的畫前。

「這裡有答案。」我努了努嘴。

梅雨看了那幅畫幾眼，不明白，「這裡有答案？」

等她看清楚時，班長驚訝地用力捂住了嘴巴，「畫，畫怎麼變了？」

不久前畫上的畫面還畫的是我、梅雨、夏彤和嘉榮一起探索舊校舍的模樣。現在畫中的內容確實是變了。

一襲黑暗佔據了畫中絕大部分空間，只剩下一絲隨時會熄滅的光籠罩在畫面中央。幼稚的筆塗抹出三個人。三個拿著發光物的人背對著往裡邊看。

「果然是背對著畫畫人的。」我用手磕了下圖畫中間的人物，「那就意味著，畫畫人的視線，應該在我們身後位置。眼睛會將比例拉長，近的物體會變大，遠的物體會變小。」我一邊看畫，一邊判斷著，「所以畫畫的傢伙，應該在這兒。」

我的手在畫面上移動，最終在畫紙的最下端停留了下來，「夏彤，妳的空間判斷能力很強，能在黑暗中精準找到這個位置嗎？」

「可以。」夏彤認真地點頭，「向後轉一百四十五度，然後直走一百二十三步。你們跟著我。」

說完她就轉身，一步一步地往前走。

「能不能解釋一下，你們打啞謎讓我太難受了。」梅雨終於忍不住了。

我扯下那幅畫後，撓了撓頭，「其實很簡單，聽過倖存者偏差嗎？」

「稍微聽說過，好像是說只要是倖存到最後的人，他的經驗其實也是有問題，不值得參考。」梅雨想了想。

「說對了一點。」我在這黑暗中，緊跟著夏彤的腳步，「倖存者偏差在現實領域，意思是指，當取得資訊的管道，僅來自於倖存者時，注意，只有活人，因為死人不會說話，此資訊可能會存在與實際情況不同的偏差。而在金融和商業領域同樣適用。存活下來的企業往往被視為『傳奇』，它們的做法被爭相效仿。而其實有些企業也許只是因為偶然倖存下來了而已。」

我舔了舔嘴唇，「舉個例子，如果有人對妳說，我親戚吃這個藥好了。或者說，我一個朋友去找了這個老中醫，結果癌症和愛滋病被他醫好了。不管妳的親戚和朋友和妳關係如何好，如何值得信任和尊重，在客觀面前他們都是相同的。疾病和醫藥不會因為妳的喜好而照顧或者偏袒妳的親友。」

夏彤補充道：「沒錯，我跟夜不語，都注意到了這一點。在這個世界，雖然能用時間晶體理論解釋。但是，如果帶入倖存者偏差理論，就矛盾重重。因為從最基礎的部分，便不成立。」

剛聽明白一點的梅雨，又被她亂七八糟的解說弄糊塗了。

我繼續道：「解決倖存者偏差最有效的辦法，就是讓『死人』說話。雙盲實驗設計和詳細全面客觀的資料紀錄都是應對『倖存者偏差』的良方。所謂『兼聽則明』也是這個道理，拋掉對個案的迷信，全面系統性的去瞭解。」

「還是不懂。」梅雨沉默了一下，這位從小就是學霸，從不服輸的女孩，第一次有了挫敗感。

我再次深深嘆氣，自從有了某個猜測後，本想一直隱瞞她的。可看來，再隱瞞下去，也沒有任何意義。人生從來都不是誰能保護你，你就真的能靠別人的保護，一直平安下去。何況梅雨周圍發生的事情，並不簡單。

最終，自己還是決定原原本本告訴她。

「那幅走廊上的畫，妳還記得嗎？」我輕聲道：「第一次到一樓時，我明明已經把畫扯掉了。但，為什麼另一幅畫又出現了？」

我將第二幅，畫著我們在黑暗中往上看的畫拿出來，「妳不覺得奇怪嗎，這兩幅像是預言般的畫是誰畫的？為什麼要畫這個？還有，老班長，妳一直以來的記憶，真的沒有問題嗎？」

「什麼意思？」梅雨迷惑地看著我。

「因為畫的作者，本來就是妳啊！」我一咬牙，說了出來。

梅雨呆了，「畫的作者，是我？怎麼可能，我怎麼不記得我畫過？」

「所以我才說，妳的記憶出錯了。又或者，一直有什麼東西，在影響著所有人的記憶。」我指著自己，「直到看到第二幅畫，我才清楚，自己究竟為什麼會主動失憶。那是為了，不被那股神秘力量影響。」

「不可能，我的記憶怎麼會有問題。」梅雨先後退了兩步，卻又被我拉了回來。

我輕聲道：「妳記不得畫過這幅畫，我同樣也記不得。但是第二幅畫上，有一些特殊的條紋。那些條紋是黑色蠟筆層層疊疊堆積起來的，只有我才認得出的特殊摩斯密碼。」

「我從來不會在一條路上吊死，所以同樣的資訊，我不可能僅僅只留一條。」我繼續說：「哪怕妳覺得不可思議，但是，這兩張畫確實是妳畫的。而妳畫的時候，我就站在妳身旁。根據當年我留下的特殊資訊，畫，是我堅持要妳畫出來的。那年，我們都只有十二歲。」

「可為什麼——」梅雨正準備說什麼，卻被我打斷了。

「知道小學六年級的時候，嘉聯為什麼突然叫妳媳婦，說這輩子非妳不娶嗎？」我問：「妳當時又不漂亮，乾癟得像男生。為什麼這個家境很好的傢伙，會突然喜歡上妳。妳不覺得奇怪？」

梅雨搖頭又點頭。

「他跟我說過。他說在一次值日的時候，妳畫過一幅畫。畫得很潦草，是一個人穿著婚紗，和另一個人結婚。非常簡單的畫，嘉聯卻偏偏突然就懂了。他說我不是當事人，只有當事人才明白，他懂了什麼。」

我哪怕是看了畫中留下的線索，仍舊感到難以置信，「或許我確實不是當事人，所以我至今都不明白。只把他的話當作玩笑。他說他在妳的畫中看到了自己和妳參加婚禮。雖然只是一個背影，但那就是他。十二歲的嘉聯從此就把妳當作了老婆，他說，總有一天，妳會披上婚紗，跟他走進禮堂。」

「我跟他，不可能。」梅雨使勁地搖頭。

我苦笑，「但是十二歲的我留下的線索，卻不會錯。我在畫上提到了，妳會偶然無意識的畫出某種預言畫。到時候我和守護女也許遇到了極大的危險。如果真發生了這種事，那麼從妳的身上，一定能找到突破口。」

梅雨覺得自己一直以來的世界觀都快要崩潰了，「不可能！不可能。」

她的語言變得蒼白無力，甚至只能不斷地重複最簡單的詞彙。她根本不願相信我的話。

「一直以來，我都搞錯了。」我感覺黑暗世界在湧動，無數觸手似的黑色物質如同固態般敲擊拍打手機射出來的光線。手機電池消耗的速度，比想像中更加快。自己示意前方的夏彤加快速度。

「假設這兩幅畫是妳十二歲時畫的，妳預言了十年後的這件事，那麼所有事情都能夠解釋了。」我眯著眼，「從前我認為，當年的那個黑影說的『找到你了』，指的是我。其實錯了。它想要找的是妳。

「妳身旁一直有個看不見的變態，默默地跟在妳身旁。

「妳能偶然看到未來的景象，但是只能用潦草的畫的方式畫出來。」我繼續道：「這一切都符合時間晶體的特徵。畢竟我們所處的三位世界，只有三個維度。第四個時間維度，誰清楚它究竟是怎樣的存在。我不清楚妳身上到底發生過什麼，但是待在這個黑暗世界裡，並沒有任何意義。

「我們出去吧，我們一起去尋找答案。一起把妳身上的疑點挖掘出來。」我握住了想要逃避的梅雨的手。

梅雨被我連綿不絕的語言襲擊後，似乎稍微能接受了一些。她點點頭，「嗯」了一聲。

「無論如何，我不明白自己的記憶是不是真的有問題。其實，有些事情，果然有疑點。但是我卻一直都忽略了。」梅雨淡淡地笑了一下，「算了，我們逃出去吧。」

女孩的迷惑像是一把釘子，深深地釘在了她的內心深處。老班長梅雨此刻在想些什麼，我不得而知。但是有一點我很清楚，十二歲的自己，為什麼不惜失憶的理由。一直以來我都認為是我引起的一系列怪事，但事實上黑影想要找的是梅雨。梅雨，才是一切的開端和原因。

但是，我能從梅雨身上得到什麼？

如果沒有足夠的利益，那麼，我究竟那麼辛苦的佈局什麼？

不，一切早在十年前，早在守護女李夢月帶我進入後山，我回到東坐一小時，就已經註定了！

梅雨，是守護女能夠恢復清醒的關鍵。

我反手再次摸了摸守護女的臉。

那張絕色的小臉冰冷，帶著一股淒美的涼。

守護女累了，她為了我不惜靈魂破碎。累了就睡吧，多休息一會兒。

但是不要休息太久啊。

別休息太久。

因為妳的主人我，終於尋到了救妳的一線希望了！

尾聲

我們在黑暗中慢慢走著，一步一步如履薄冰，在這無盡的黑色中，邁出任何一步都是飽含未知的危險。

「到了。」我沒有數一共走了多少步，但是夏彤這眼鏡娘空間感很好。她數著腳步，最後停了下來。她冰冷的聲音在微微顫抖，顯然，女孩在緊張。同樣緊張的還有我跟梅雨。

「畫是梅雨前輩畫的，她的眼睛就是從這個位置看向舊校舍。」在手機的光明中，夏彤指著身後某一處。

我們望過去，什麼也沒看到。不遠處仍舊是一片黑暗，舊校舍已經被黑暗所吞沒。

「這裡沒什麼古怪的地方。」夏彤踩了踩地面。

離開舊校舍的範圍，那黑暗空間的地底便空虛得很，明明是堅硬的土地，但踩下去又輕飄飄的。腳下的黑色吸收了光線，我們三個就彷彿漂浮在那黑色中。

「夜不語先生，你會不會認為，我們其實就在一塊時間晶體內？」夏彤問。這個女孩雖然在問我，但是自己卻早已有了答案。

我仍舊搖頭，「不一定是時間晶體。雖然這個地方有時間晶體的許多特質。但有一點不同，妳看濃霧般的黑暗，還有那重建的舊校舍，它們都不是穩定狀。我偏向於，它並不完整。因為，它沒有完整的基態表現。算了，不管了，先逃出去。這個地方肯定是人為製造的，控制它的人很急躁，顯然是知道我們要溜了。」

梅雨吃味道：「你們又在說我聽不懂的話了。我們該怎麼逃出去？」

「辦法早就有了，雖然我也不明白為什麼。妳的畫裡畫了，我也用摩斯密碼留了線索。」我拍了拍畫，之後將兩幅畫翻過來，平整地放在地面上。

夏彤眨巴著眼，「這算什麼？」

「背面，好像畫著什麼。」梅雨眼睛尖：「好像是一本書。」

「不對，是一扇門。」夏彤用力揉了揉眼睛，「確實是一道門，一道畫在紙上的門，畫得好難看。」

「對不起。我這個人畫畫沒天賦。」梅雨撇撇嘴。

「好了，走吧。」我額頭上冒出一滴冷汗。

翻滾的濃黑加速擠壓著我們周圍的手機光芒，本來手機離開舊校舍後不能使用的，但不知為何在舊校舍被吞沒後卻能用了。幸好沒有遇到最糟糕的狀況。

但是那些黑暗，已經快要壓榨盡手機的最後一絲電力，不能再等了。

我按照十年前自己留下的資訊，傻乎乎地伸出雙手，想要抓住莫須有的畫在兩張紙上的門把。

夏彤和梅雨眼巴巴地看著我白癡般的動作，很快，她們幾乎也變成了白癡。兩人驚訝地直接石化了。

我的手，居然真的握住了兩個門把。輕輕一拉，地上的紙並沒有被我拉起來。反而拉出了兩道白光。一扇門，一扇打開的門，一扇通向光明的外部世界的門，在地上展現出來。

黑暗世界用盡最可怕的瘋狂，想要將我們留住。

「快，跳下去。」我竭力大喊，把梅雨和夏彤推下去後，自己環顧了黑暗空間最後一眼，這才閉上眼睛，往下一跳。

沒有任何感覺，只是覺得刺眼而已。

我們三人逃脫了禁錮了我們許久的黑暗所在。我感到自己踩在了實地上，鼻子裡充斥著泥土和剛剛割過的草的清香。

但是當自己再次睜開眼睛的時候。

我整個人都震驚的呆住了。

門外，竟然，並不是我熟悉的，世界……

夜不語作品 16

夜不語詭秘檔案803：禁止關燈

國家圖書館出版品預行編目資料

夜不語詭秘檔案803：禁止關燈 ／夜不語 著.
一 初版. 一 臺北市：春天出版國際，2017.04
面； 公分. 一（夜不語作品；16）
ISBN 978-986-94698-4-5（平裝）
857.7 106005887

ISBN 978-986-94698-4-5
Printed in Taiwan

作者	夜不語
封面繪圖	Kanariya
總編輯	莊宜勳
主編	鍾靈
美術設計	三石設計

出版者	春天出版國際文化有限公司
地址	台北市信義區信義路四段458號3樓
電話	02-7718-0898
傳真	02-7718-2388
E-mail	story@bookspring.com.tw
網址	http://www.bookspring.com.tw
部落格	http://blog.pixnet.net/bookspring
郵政帳號	19705538
戶名	春天出版國際文化有限公司
法律顧問	蕭顯忠律師事務所
出版日期	二〇一七年四月初版
定價	170元

總經銷	楨德圖書事業有限公司
地址	新北市新店區寶興路45巷6弄6號5樓
電話	02-8919-3186
傳真	02-8914-5524